那万家灯火

就是属于我们军工人的职责与守护

“大国工匠人物传”丛书

夏立

一丝一毫提升『中国精度』

肖亦农◎著

中国工人出版社

图书在版编目（CIP）数据

夏立：一丝一毫提升“中国精度”/ 肖亦农著.
北京：中国工人出版社，2025. 4. -- ISBN 978-7-5008-8592-4

Ⅰ. I25

中国国家版本馆CIP数据核字第20257WV141号

夏立：一丝一毫提升“中国精度”

出版人	董　宽
责任编辑	刘广涛
责任校对	张　彦
责任印制	黄　丽
出版发行	中国工人出版社
地　　址	北京市东城区鼓楼外大街45号　邮编：100120
网　　址	http://www.wp-china.com
电　　话	（010）62005043（总编室） （010）62005039（印制管理中心） （010）62379038（社科文艺分社）
发行热线	（010）82029051　62383056
经　　销	各地书店
印　　刷	三河市万龙印装有限公司
开　　本	880毫米×1230毫米　1/32
印　　张	6
字　　数	100千字
版　　次	2025年6月第1版　2025年6月第1次印刷
定　　价	49.00元

国之大者，工匠先行

——“大国工匠人物传”丛书总序

在中华全国总工会成立100周年之际，全国总工会宣传教育部、中国报告文学学会、中国工人出版社联合开展了“文艺工作者走基层”活动，推出“大国工匠人物传”丛书，向全国总工会献礼，向广大劳动者致敬！

“知者创物，巧者述之守之，世谓之工。百工之事，皆圣人之作也。”这是中国所见年代最早的关于手工业技术文献《考工记》中对工匠的记载。“工”之责在于造物，“匠”者为能工鼎识者也。

幼时，老家云南昆明大板桥的老街上，从南头到北头，都是大大小小的手艺人，木匠、石匠、焗匠、骟匠、竹篾匠、鞋匠、箍桶匠……空气中飘荡着木匠的刨花香和石匠敲打出来的粉尘，充满着焗匠手中皮带的“吱扭扭”声、骟匠刀下小猪猡的闷哼、箍桶匠皮锤不轻不重的敲击声。老街上的竹篾匠是我的一个表姨夫，他来自四川，有着一手出神入化的编造竹篾手艺。粗壮的毛竹是表姨夫手中的“百万雄兵”，在一把锋利无比的刀的指挥下，被劈成厚薄、粗细不一的篾。表姨夫的本领仅次于撒豆成兵的天神，他能化篾成物，一般家里能见到、用到的器物，他都能用竹篾编出来。母亲曾命我在老街上买一个暖水瓶的内胆，然后去表姨夫的摊位上，坐等他为暖水瓶胆编制一件竹制的外壳。那个暖水瓶至今还在我家老屋的一个角落里。竹篾壳早已被岁月包了浆，虽然久不使用，却依然油润、红亮。这便是我幼时对匠人的记忆。

五千多年的中华历史长河中，涌现出了无数能工巧匠，他们或如明月光照，或如星河璀璨。一代代薪火相传的工匠精神，不仅成就了那些流芳百世的绝世建筑与器物，更是烛照我们通向文明现代化进程的精神之光，是我们文化的自信心、民族的根与魂。

从“嫦娥”探月到“祝融”探火，从“北斗”组网到“蛟龙”深潜，从港珠澳大桥横跨三地到大兴国际机场凤凰腾飞……这些挺起中华民族脊梁的大国重器、世纪工程背后，无不凝聚着万千工匠的心血和汗水，映照着工匠们孜孜以求、拼搏奋进的身影。

本套丛书收录的是全国总工会历年评选出的大国工匠

的人物传记。他们当中有焊接高铁的“工人院士”李万君、打破国外高端设备维修垄断的王树军、让中国锻件立于世界之巅的刘伯鸣、“人刀合一”的顶级钳工李凯军、在高空“穿针引线”的竺士杰、油田里的创新能手刘丽、了不起的“钢铁裁缝”艾爱国、数控机床上的“雕刻师”孟维、让三星堆文物“活”起来的郭汉中……他们有的是传统加工业的锻造者，为了突破技术瓶颈精益求精；有的是新兴制造业的探路者，为了实现精密制造巧思妙想；有的是军工行业的铸剑者，为了打造国之重器默默坚守；有的是民间手工艺的守护者，为了传承非遗文化精雕细琢……他们奋战在国防军工、装备制造、传统工艺等行业的第一线，以久久为功的钻研和创新，造就了一个个传奇。

这些杰出的工匠，尽管行业不同、岗位不一，成长经历各异，但他们都有着爱党爱国、敬业奉献、创新争先的优秀品质。他们耐得住清贫与寂寞，用灵巧的双手和精湛的技艺，数十年如一日地在平凡的岗位上雕琢自己心中的梦想，以实际行动诠释着“执着专注、精益求精、一丝不苟、追求卓越”的工匠精神。“天下大事，必作于细。”工匠精神既是中华民族技艺世代传承的价值理念，又是中国开启新征程，从制造业大国迈向制造业强国的时代需要。

“大国工匠是我们中华民族大厦的基石、栋梁。”2024年3月5日，习近平总书记参加十四届全国人大二次会议江苏代表团审议时强调“树立工匠精神”，指出“没有金刚钻，揽不了瓷器活”，要“把第一线的大国工匠一批一批培养出来”。党的十八大以来，习近平总书记对建设高素质劳动大军高度重视，强调“当代工人不仅要有力量，还要有智慧、有技术，能发明、会创新，以实际行动奏响时代主旋律”，深刻阐述工匠精神“执着专注、精益求精、一丝不苟、追求卓越”的内涵要义，号召全社会弘扬工匠精神，“为全面建设社会主义现代化国家、实现中华民族伟大复兴的中国梦提供有力人才和技能支撑”。

“匠心聚，百业兴。”无论是传统产业，还是新兴产业、未来产业，大国工匠在发展新质生产力的历史进程中不可或缺。随着经济发展方式转型和产业结构升级，中国要实现由制造大国向制造强国的转变，实现由中国制造向中国创造的跨越，离不开广大劳动者的创新和创造，更离不开对工匠精神的继承和发扬，于是呼唤更多大国工匠成为时代强音。

文艺是时代进步的号角，最能代表一个时代的风貌，最能引领一个时代的风气。中国报告文学学会、中国工人出版社联袂推出“大国工匠人物传”丛书，以图书的形式为大国工匠树碑立传，让他们的故事和精神具有更广泛的交流传播价值和长久的史料价值。本套丛书的写作者奔赴大国工匠生活的城市，深入大国工匠工作的厂区、车间、工作室，获取了全面细致的第一手材料，最终将大国工匠的成长、成才故事呈现在读者面前。

“大国工匠人物传”丛书讲述的是个人奋斗史，也描绘出大国工匠的群体形象。可以说，这套丛书是目前国内系统研究众多大国工匠人生轨迹的权威读本，既有对每位大国工匠的整体介绍和事迹梳理，又有具体的事件、案例，全面、生动地展示了大国工匠各个人生时期的工作和生活状态。

新时代是奋斗者的时代，中国式现代化建设新征程这一宏伟事业为广大工匠技能人才成就梦想提供了广阔舞台。每位劳动者都是主角，都可以成为工匠精神的践行者。大国工匠是新时代的最美奋斗者，更是和平年代当之无愧的英雄。

国之大者，工匠先行，向着中华民族伟大复兴的目标砥砺奋进，行稳致远。

是以为序。

目　录

陌生？这就对了，我们军工人做的就是隐姓埋名人，干的就是惊天动地事！

序章 交织

三个月前，笔者与夏立是两个陌生人。我们虽然生活在各自的领域，可他不知道笔者，笔者也不知道他，可以说我俩是飘浮在大千世界上的互不搭界的两粒微尘。

是一个电话，让我俩交织在一起。

电话是作家徐剑打来的，他是中国报告文学学会的会长，徐剑开门见山地说：“学会与全国总工会有个合作出书的任务，欲为全国的大国工匠写传，邀你参加。八九月份介入采访，年底前写作出版任务完成。”徐剑会长是军

2018 年，夏立（前排左三）在北京“大国工匠年度人物”颁奖晚会现场

旅出身，任务交代得非常明确。笔者高兴地说：“会长放心，任务我接了。”他说：“好，出版社会有人与你联系。”很快，中国工人出版社的小刘同志与笔者取得了联系，并建立了夏立传记工作群，这时笔者才知道传主叫夏立，是全国五一劳动奖章获得者，是全国人大代表，是某研究院的一位高级技师，职业是一位钳工。说到钳工，笔者的脑海中马上浮出拿着锉子站在钳工台上锉来锉去的工人师傅，似乎并无什么过人之处。夏立却被媒体称为创造“中国精度”的人，是国家评出的“大国工匠”，而 2018 年首

2024 年庆祝“五一”国际劳动节暨全国五一劳动奖和全国工人先锋号表彰大会上，
夏立（左六）获得全国五一劳动奖章

批评出的“大国工匠”，在全国范围内只有十位。

后来，笔者和夏立及其单位约定了采访时间。夏立发微信给笔者，让笔者订好车票后通知他，他来火车站接笔者。笔者感动于他的实诚，立即订好车票，并将车票信息发给了夏立。

笔者想见到夏立以后，一定要问清 2016 年成立创新工作室的事情，但马上又否定了自己的想法：你是冲着夏立这个人去的，而不是那个对他有分水岭意义的事件。

你要记住：你是作家，你要写人。

2024 年庆祝“五一”国际劳动节暨全国五一劳动奖和全国工人先锋号表彰大会上，夏立宣读倡议书

第一章 夏立像一位电影明星

2024年10月底的一天上午，笔者上了高铁，在车上，笔者一直在手机上看着有关夏立的一些材料。尤其是一些媒体报道夏立在“嫦娥四号”软着陆月亮背面时立下了大功，而且就是靠手工研磨，创造了伟大的“中国精度”。还有的报道说，夏立的一双手会被永载史册。笔者看得心里直痒痒，真想一步跨到石家庄去和夏立聊个痛快。前些天，虽卧病在床，但笔者一直在查阅夏立的一些材料，本想多读些故事，却看到了地处上海的天马望远镜的报道，

大国重器——大型射电望远镜建设现场

当然这个天马望远镜也与夏立有关。

报道里说这个是世界超大望远镜，随着观测目标的东升西落，天线姿态也会发生变化，在不同重力的作用下，会产生一定的变形，影响观测的精准度。这是业界久攻不下的大难题。而天马望远镜的1104个促动器实现了对1008块主反射面板重力形变的实时调整补偿，定位精度达到15微米，只有大约头发丝直径的一半，使天线保

夏立工作场景

持标准的抛物面形状，确保了天马望远镜即使在最高工作频率下的观测精度在各个仰角也都在 50% 以上，达到了面形精度这一领域的国际领先水平。54 所的研发人员在国内首先采用了无缝轨道焊接技术，使轨道整体平面度达到了 0.46 毫米，提高了轨道精度和承载力，而且延长了轨道滚轮以及地基的使用寿命，为实现月球背面软着陆探测，作出了不可替代的贡献。笔者知道这个贡献者就是夏立，一个名不见经传的中国钳工。还有记者说，夏立是个在微米上“跳舞”的人，他手工研磨的工件是头发丝的几十分之一，“中国精度”就出自他的手上。

笔者想象着夏立的样子，想象着他在车站举牌接笔者的样子。我俩像心有灵犀似的，高铁刚过保定东，笔者就收到了夏立的微信，微信发过来一张照片，并附着一句话：“这就是我。”笔者看着夏立的这张照片，觉得十分面熟，好像在什么地方见过。这些日子，笔者虽然见过夏立用电钻打纸孔的视频，但人像不清晰，光线也有些暗，而夏立的这张照片，他那消瘦的脸面非常清晰。看着看着，笔者觉得他甚像一个人，尤其是脸形和眼睛。笔者忽然想起演员郑昊，20 多年前我们打过交道。郑昊当时在笔者创作的一部电视剧——《爱在冰雪纷飞时》里担任男一号。

“中国天眼”

郑昊是明星，也是位军人，他出演过电影《我的父亲母亲》的男主角。现在笔者再看着夏立传过来的照片，尽管过去了几十年，仍能感到俩人太像了。

果然，在混乱的一塌糊涂的出站口，笔者一眼认出了夏立，而他还在伸长脖子、闪动着眼珠子打量着混乱的人群。他并没有发现白发苍苍的笔者。笔者笑着远远地看了他一阵子，然后才来到了他的身边，叫道："夏师傅，你好！"

夏立愣怔了一下，也冲笔者笑道："肖老！"

夏立热情地冲笔者伸出了手去。我俩就像两个老熟人……

笔者紧紧地握住了夏立的手，使劲地摇了两下，似有万千感慨。笔者知道夏立的这双手对国家来说太重要了，现在握在笔者手中的是一双"大国工匠"的手啊！这只手托举过多少大国重器啊！而且，笔者还提醒自己，时刻记住这是一双人手！

第二章

父亲希望我活成个男人，遇事得立起来

笔者和夏立就这样真正地认识了。

夏立开着车，送笔者去宾馆。笔者笑着说：“你的名字挺明了的，非常好记。”夏立笑了，说：“我爸就是这样，说话办事简单而不乏道理，这是我家老爷子的典型风格。”笔者说：“你这名字挺有立体感的。”夏立说：“这是自家老爷子起的。我刚刚满月，老爷子就给起好了。”夏立东一句西一句地讲了起来，笔者听着，脑海中出现了许多画面，是从夏立的话语中画入的，但笔者敢肯定夏立是不知道这些画面的。

在53年前，那是进入20世纪70年代的第一个仲夏。

当襁褓中的夏立刚满月时，父亲与家中的亲戚、研究所的战友老哥们正在为这家中的小生命喝满月酒。父亲深情地说道："给娃儿起个啥名呢？我琢磨来琢磨去，忽然决定这娃儿就叫立了。夏立，这名字多好。"

众人都说不赖。父亲说还得多少有点意义，立志立业，关键是立人。众人嘻嘻哈哈地喝了一杯。都说夏所长这名字起得好，不光好记还好听！为此大家又干了一杯，父亲兴奋地说："好，我家儿子现在有大名了，夏立，就叫夏立，你说好不好？"

父亲兴奋地看着自己的妻子。

母亲道："立志立业立人，那还不好？听你的，就夏立了！刚才不都碰杯定了？！"

父亲笑着说："娃妈说定了就定了！"他高兴地把夏立一举老高，小夏立以为是飞在了天上。父亲又说："爷们就得当顶梁柱，男人就得顶天立地报家国。"母亲说："吃奶的娃哪听得懂这个？"父亲认真地说："他听懂听不懂咱都得说。"这时人们都说，看夏立这娃笑的，真喜兴。

夏立给笔者讲着他这名字的来历，立志立业立人，实际上父亲就是希望他活得硬气一点，不敢说是顶天立地，但至少要活得硬气。夏立又谈着整个家族对自己名字的理解和期望。夏立说人们讲这个“立”字有讲究着哩。由于全国人大代表的关系，他会接触许多有知识的领导和文化人。

“曾有个文化人说古人讲‘三立’，就叫立德立功立言，而且这话出自《左传》。他还断定给我起名的人一定

在石家庄 54 所，夏立（4 岁）和姐姐的照片

有文化，读过许多书。我爸虽爱个写写画画，但他给我起名字时哪会想到什么《左传》，我敢保证，他哪知道世界上还有什么《左传》？我爸也许就是看到院里一根立着的线杆、田野里长着的一棵树来了灵感。我知道他，他就是希望我活成个男人！人这辈子得立起来硬起来！这是家里对我的期望……”

夏立从自己的名字谈起，自然谈到了父母，谈到了童年。小夏立和出生在这个大院的孩子一样，在家中牙牙学语，在院里蹒跚学步，在父母亲的呵护声中、责骂声中长成了半大娃娃，而且，他还有了自己的绰号——“小夏所长”。那时人们一喊“小夏所长”，小夏立就颠颠地跑过来了，小手还常常抓着一盒火柴和一张邮票，似要帮着大人们干这干那。大人们看着他那小大人样，都说“小夏所长”这孩子真有眼力见儿。

其实“夏所长”是夏立父亲的官称，因为夏立的父亲是这个叫第 17 研究所的招待所所长。第 17 研究所是中央某部委的直属通信研究所，它的前身曾是军委通信兵部的一个直属单位，后来划到了地方，成为中央某部委的一个直属单位。这个所主要从事军事通信、卫星导航定位、航天航空测控、通信与信息对抗、航天电子信息系统与综合应用等前沿领域的技术研发、生产制造和系统集成；它是我国电子信息领域专业覆盖面宽、综合性强的骨干研究所。这个所的产品覆盖国防安全、能源、交通、信息、金融、应急抢险等国民经济领域，产品行销全球十多个国家和地区。这个所里制造着护国利民的国家重器。这个所对自己的称谓是“天线人”。

17 所是央企，单位设在了石家庄市。单位有威严的大门，夏立从懂事起，就常在大院门口，看着解放军上岗，感受那份威严和神圣。威武的军人仪表让他羡慕不已。小夏立从大人的闲谈中，知道他们是地地道道的“天线人”，他们可以上天入地，漂洋过海，跨过大漠草原，翻越崇山峻岭，可以说他们的产品世界知名。这个企业以产品为荣，有一次，夏立的父亲听说所里一款产品竟然漂洋过海地支援他国了，全所都在庆贺，他也跟着高兴，回到家那兴奋劲儿仍在。

父亲神秘地对夏立说：“咱这是啥地方？小子，听说过千里眼、顺风耳没有？”夏立说：“知道，‘天线人’长‘天线人’短的，能不知道？”父亲说：“没错，没错，这所里可是通天入地、翻筋斗云哩，告诉你吧，全中国有本事的人都在这所哩。”他又拍着夏立的小脑瓜说：“小子，你在这院里慢慢地学本事吧。”夏立有些迷糊，听不大懂父亲说的话，但这些话像丝丝春雨滴进他的心头，他笑着跟陶醉的父亲点着头。父亲高兴地对妻子说：“这小子，大院里的事啥都懂。看他高兴的。”母亲抚摸着夏立的头发，说：“立儿聪明着哩，哎哟，你咋头发上还带着棘蓬棵子。这是又去哪儿钻草丛了？”

夏立告诉母亲，来了好多绿色车辆停在了大院草地上，所里的师傅们在那儿给他们安装天线。父亲说：“那是军车，密级很高，你往那儿瞎跑啥？”母亲说：“他个五六岁的娃娃懂啥？”夏立说：“我咋不懂？这是支援世界革命哩。匣子喇叭里天天这样说。”“看看，夏立妈妈，咱孩子有啥不懂的？好啊好，”父亲嘎嘎地笑着说，“3 岁看大，7 岁看老，咱立娃呀，会让咱们睡个好觉。是个让家中大人省心的好小子。”

在夏立的印象中，父亲对他是满意的、放心的，尽管那时他只是一个稚气未脱的娃娃。而父亲是一个严父，对夏立的教育极为严格。他觉得夏立虽然生在大院里，但也不能泡在蜜罐子里，道路还得自己走，脚上的泡还得自己磨。那个年代，物质生活是比较清苦的，可从小在苦水中泡大的夏立父母已经很满足了。他们认为，现在这么好的生活还有啥不知足的？所里的像夏立父母一样的师傅们，见面常说的话是，“所里对咱工人那是一百一的好。咱有啥不满意的？”夏立在院内，常听老人们甩打着手教育孩子：“小祖宗，这么好的日子你还有啥不满意的？”而小小的夏立总是唱着歌儿笑盈盈地走在大院的小径上。夏立的童年不敢说多幸福，但的确是无忧无虑过来的。

这个在电子行业声名赫赫的研究所，始建于 1952 年 10 月 27 日。几十年来，这个研究所与共和国同呼吸共命运，与国防建设同发展共成长，它在自身发展壮大中，还孕育传承着亦军亦民的军工文化。它是新中国成立的第一个电信技术研究所，是一个有着几十年光荣历史传统的电子大所。这个军工文化的核心是胜不骄、败不馁，特别能战斗。几十年来，他们不畏艰辛，白手起家，筚路蓝缕，艰苦创业。这些军工人，用智慧、汗水和信念攻克一个个科学堡垒，为国家创下不朽功勋，并为新中国的国防事业谱写了大量的惊世之笔。夏立曾经说：“我是吮着这所的乳汁长大的，它是我的母亲。”

这个所是有光荣传统的，它的沿革可以追溯到炮火连天的战争岁月，追溯到我国“军事通信事业之父”王诤那里。这里同样也是我军现代化电子通信事业的始发之地，它承载着灿烂的历史荣光。基于此，当时 17 所的男女老少都为所在单位自豪，夏立从小就嗅到 17 所传递给他的自信和骄傲。17 所人身上承担的责任和荣光，确实是可以让他们在石家庄挺着胸脯走路的。

夏立的父亲业余有写字、画画的爱好，常常对着自己的画作点头感慨。而夏立就在一旁默默地欣赏父亲的画

夏立（前）与父亲（中）、姐姐、表哥合影

作，他特别喜欢父亲画的一只大老虎，这虎咆哮着从山上冲下，他似乎都能听到大老虎的咆哮声。他敬佩父亲的画笔，一笔一笔绘就，竟会造成这么大的气势和响动。他好奇地看着父亲在纸上的一笔一画，心里慢慢地揣摩着、描摹着，耳中竟有了虎啸声。他给父亲说：“爸，我听到了老虎的吼声。”父亲说：“傻小子，这有啥？这是心灵感应。”

从此，小夏立知道了世界上有心灵感应，而且相信了心灵感应。从此，他做什么事情，都先在心里揣摩个遍再干。当时，夏立认为父亲是最有能耐、最了不起的人。人们常说，父亲是山，小夏立就是在父亲宽厚的后背上结结实实感受到的。长大后夏立才知道父亲是保定徐水人，年轻时参军在北京当兵，1956 年转业到了石家庄 17 所。夏立的父亲在部队多年，并没有接触过通信科研技术，在所里算是门外汉；但他踏实能干，热情周到，待人谦和，而且还略通文墨，算是见多识广。他又能写写画画，所里就安排他到公司招待所当了所长，让他承担起所里迎来送往、待人接客这一摊。夏立的父亲乐此不疲，很是喜欢这份工作，干得风生水起。从招待所的内务卫生到客人的迎来送往，他都亲力亲为，始终保持着军人那股劲儿。他给服务员布置打扫卫生、整理房间工作时，总爱说整理内务，就像发军令一样。夏立回忆道："我爸每天早上拍我屁股起床，嘴上也是说着，夏立，快起来做内务。"在父亲的世界里，他是一辈子离不开军队了。在夏立的记忆中，从他懂事起，父亲已在招待所岗位上工作了多年。父亲总是小跑着忙来忙去，这是父亲留给幼小夏立的印象。夏立懂事的年纪，正是中国改革春潮涌动的年月，招待所来往人员川流不息，而且大多是来进行研发合作的工程技术人员，他们个个文质彬彬、客客气气。而不像所里的师傅端着大茶缸子说话大声嚷嚷，"小夏所长，去给老子拿盒火柴去"。人家说话慢条斯理的，比如夏立帮他们送去一盒火柴，这些人都会说："谢谢小朋友。"于是，小夏立高兴地唱着歌走开了。夏立记得父亲给他讲过的话，"这些戴眼镜的人本事大着哩，毛主席就说过，他们当中的一个人就顶几个师。是国家的千里眼和顺风耳，宝贝着呢"。

夏立有些羡慕地看着这些在院内招待所进进出出的戴眼镜的男女们，父亲常吩咐夏立为这些有本事的人办点小事，像拿张邮票、送个信封什么的。夏立跑得勤快，就像小马驹子蹦着高。人们都说小夏立跟他父亲夏所长一个样。于是，住招待所的眼镜男女们也知道了夏立的这个绰号——“小夏所长”。

哦，童年，夏立曾经动情地回忆自己的童年生活。

那时大院里有许多农田、水塘，塘里长满了水草，甚至还有许许多多的野酸枣树，这里就是小夏立的百草园和三味书屋。夏立和小伙伴们常在这里捉蛐蛐、捞小鱼、摘酸枣，玩得不亦乐乎；还有惊飞藏在树上蜂巢里的马蜂，小孩子们被追得四处逃窜。但是，在这片草地上度过的童年是快乐的，小脚蹚过庄稼田垄的童年是纯真的，大院宽阔的场地为夏立提供了有趣而又幸福的童年。

夏立有时会坐在池塘边发呆，面对着水波不兴的水面，他会盯着水面上像细火柴棍一样在水面上划来划去的浮游生物，人们叫它们棒棒油。他会问身边的小朋友：“棒棒油在水面上浮来浮去，它能像鱼儿一样钻到水底吗？”这谁能回答得上来呢？小朋友们觉得夏立问得太难太怪了。小朋友们说：“棒棒油就是浮在水面上，它为什么要钻到水底呢？那会被淹死的。”夏立又问了一个问题：“青蛙叫得那么响亮，我在家里都听得清清楚楚的，呱呱的。你们说，我们能坐着声音回家吗？”小朋友们说：“你傻啊，你以为那是天线啊？”他的小伙伴当中，不乏工程技术人员的孩子，他们知道得多，懂得天线会把声

10岁的夏立，在石家庄54所

音、图像传给对方，但夏立爱琢磨，爱思考，爱问一些稀奇的问题，这让大家觉得他“傻”。比如说坐着青蛙的歌唱声回家，谁会想这样的问题呢？小朋友们一哄而散，只留着夏立在水塘边发呆。倒是夏立的父亲在下班的路上碰到小朋友们，小朋友们说夏立要坐着青蛙的歌唱声回家呢。

父亲挺喜欢儿子这种不常见的思考，他在池塘边找到夏立说：“儿子，早晚会有科学家把动物的声音用来研究利用的。”可夏立却说：“我听到青蛙的叫声，脑子里就画出一条线，飘呀飘、荡呀荡，我真想伸出手把它抓住，可一会儿又不见了，原来青蛙的叫声停了。我饿了，该回家找妈妈了。”父亲说：“立娃精明着哩。”那天是父亲把夏立背在后背上驮回家的，夏立在父亲的背上是最幸福的了，晚风习习吹来，父子俩走在庄稼地里，透着丝丝凉意。

第二章 母亲切的蒸饼丝

夏立现在回忆起小时候伏在父亲宽厚的背上，一摇一晃地走在庄稼地里，是此生最幸福的事情。夏立还记得那天回到家里，天已大晚了。母亲在厨房里切好了菜，切好了蒸饼，就等着炝锅烩饼哩。这是母亲的拿手好饭，菜脆饼软，香气四溢，也是全家的最爱。父亲在厨房里惊叫道：“立娃，你过来看，看你妈这菜切得多细，饼条切得多匀，机器能做得出来不？这就叫手艺！”母亲嗔怪地对父亲说：“你瞎嚷嚷个啥呀？几十年不就做这？”

夏立跑进厨房，看到案板上食材整整齐齐地摆放着，又看着切得几乎一模一样的菜心和饼条，不禁有些目瞪口呆，叫道：“一模一样啊，妈妈你切得太好看了，我都不好意思让做熟吃了。”母亲拍了一下他的小脑瓜说：“那是你不饿，要是搁上早些年，饿得你不把案板啃了就算是好的。”父亲对夏立说：“看见了吗？妈妈做啥事都是手脑并用，做任何事情，不光想得巧，还要做得妙。”小夏立说：“爸爸，我记住了。”父亲说：“啥事都是熟能生巧。”母亲对他们说：“你们爷俩有话外屋说去，灶房里烟熏火燎的，哪是说话的地方？”

实际上，夏立的母亲早就参加工作了，一直在石家庄的副食品公司当营业员，切肉割肉，熟练着呢。夏立知道母亲是个技术能手，一次在全市技术比赛中，她三刀分别切下半斤、一斤、二斤三块肉，三块肉总共误差不能超过 30 克，基本上是“一刀准”。最终，母亲在众多高手中脱颖而出，夺得了全市冠军，还给奖励了一级工资，十多块钱呢。20 世纪 80 年代初的十多块钱，是大钱呢！这是奖励，是劳动所得，让全家沉浸在欢乐之中。父亲高兴地说：“你妈真叫不简单，硬是在爷们儿当家的屠夫行当中，拿回个状元来，一刀准，这得眼手脑并用，你妈咋做到的？”夏立歪着头想了半天道：“妈妈说，办啥事都先得用心琢磨。还有，妈妈会发功，用心切肉。”他说着，还比画了一下。父亲笑着说：“小子，你这次是说对了。心是万物之秤，心稳手才有准！小子，老爸说的记住了没有？”

小夏立胸脯一挺，大声喊：“报告爸爸，记住了。”

夏立对笔者说：“这话我记了一辈子。我干了一辈子钳工，精磨细研了几十年，靠的就是心中有秤。心中的秤稳了，手头才能有准。我干这天线总装钳工，得学会心眼手联动，这是慢功，得琢磨，着急准砸。”前些天，笔者躺在床上看夏立的一个材料，有些术语虽不大懂，但能感到夏立的艰苦创新。笔者想起了夏立在精磨射电望远镜成功后，也就是人们常说的“嫦娥四号”顺利登上月亮背面，就是在这次试验中，他靠手工打磨创造了“中国精度”，打通了机器都无法完成的“最后一公里”。因为他完成的是射电望远镜探测天线的最后组装，而这接通的天线，细微得连机器都找不到。航天器设计要求的精度仅是一根头发丝直径的二十四分之一。而这不可言状的细微精度却对应着茫茫天体似的太赫兹频段，若是稍有偏差，月亮就在宇宙里无法寻觅，而奔月的“嫦娥四号”只能在茫茫太空中飞呀飞，永远无法着陆。夏立就凭着手研，打磨出了这

夏立小时候的家

根头发丝直径二十四分之一的精细天线，完成了任务，为“嫦娥四号”的太空奔月，引领着正确的方向。因此，夏立被称为在微米上“跳舞”的人，创造“中国精度”的人。当人们知道这精度是用手工打磨出来的时候，世界为之震惊了，于是，他面临一个问题，科学、技术，还有头脑，在这样的任务完成中哪个最重要？曾有记者这样问他。实际上，夏立从不想思索这样的问题，因为他想起了父亲曾经说过的那句话，心是万物之秤，心稳手才有准。很早之前，父亲就告诉夏立，人的意志是可以左右并统领技术的，夏立就是靠着这样坚定的信念，从一个普通的天线装配钳工一步步走向了“大国工匠”的巅峰。夏立还告诉笔者，有些媒体说机器解决不了的问题人工解决了，实际上机器也是能解决的，只是它装配这种异形天线，成本大得无法想象。笔者问夏立：“你能估算一下你攻克这个难关，为国家节省了多少成本吗？”夏立笑笑说：“我还真没算过。拿下了，更不会有人算这个了。”这可真是过后不思量了。夏立说：“所里的领导讲过，‘天线人’要默默无私地奉献。从我进厂的那一天，人们就讲我们的老一辈是怎样奉献的，还有许多人搭上生命……”

“说透了，我就是一个钳工，是厂里给了我这个平台。

有了这个平台，才有了我翻跟头、耍把式的舞台。真的，几十年了，我对厂里、所里，一直存在着感恩之心。”夏立又说道。

笔者唔唔了两声，算是对夏立的回应。夏立开着车，说：“肖老，您别不信，这是我的真心话。”笔者说：“我从来没有怀疑这个。我只是想，‘大国工匠’不会是白给的吧？”夏立说：“我当然会看重这个荣誉；但说透了，我这个‘大国工匠’就是一个钳工。”笔者说：“我咋听别人说，工厂的钳工就相当于部队里的‘兵王’。”夏立说：“是有这么个说法，主要是钳工啥工种都得懂，许多工种靠的是机器，而钳工靠的是手工工艺，我们要靠双手来感知‘最后一公里’。而像我干这天线总装钳工的，天天都得绷着。”他挥了挥手，不想再说了。这自然是甘苦自知了。笔者想了想说：“你说你这‘大国工匠’就是个钳工，你这话也真是一竿子就给戳到底了。”

笔者说完夏立笑了，他开着车，神情愉快地往太行山奔去。天色渐晚，太阳已经偏西了，阳光透过巍峨的山口，洒出闪闪的光线，就像铺开了一张金色的大网。我们的车迎着落日的余晖一路西行。

笔者对夏立说：“你对进山的路很熟啊。”夏立说：“小

夏立父母合影

时候我常坐着我爸的二八大杠，往太行山里去。那会儿进山有点野趣，像摘酸枣、摘柿子、捉蝈蝈、逮蛐蛐啊；还常遇到蝎子，尾巴往上翻着，像扯着一面旗子，还舞着两个钳子，我就被蜇过一下，手肿得像个小圆馒头。我爸就给我吮吸伤口，把手浸在山泉水里洗。我还特别喜欢在山涧里捡石头，有时翻开一块石头，下面的螃蟹、小鱼乱钻。真的，太行山里好美啊，还有山泉水，喝一口好

“大国工匠”夏立走上河北广播电视台主办的国潮之夜舞台

甜啊！”

看着夏立一副沉醉的样子，笔者知道，他一定是回忆起和父亲畅游太行的日子了。我们都清楚，孩子和父亲一同度过的童年时光，在人生记忆中应是最美的。年代久了，父亲早就忘了，孩子却还记着。这对孩子来讲是纯粹的金色年华，这种时光像黄金一般宝贵。和父亲相处的日子，在孩子记忆的天平中何时都是沉甸甸的。夏立望着群山若有所思，说："肖老，我爸那时还带我爬山。从小山坡开始，一次爬高一点，从八九岁一直爬到十五六岁，我爸要求我每年都有进步。我爸常说，人这一生就像爬山，得稳扎稳打、踏踏实实。真的，那时候看着挺陡挺高的山峰，可我爸带着我一次爬高一点，几年下来无数山峰就在脚下了。小时候，我爸领我爬山前会先看山，得有那么一股气势。我爸鼓励我说，面对世上万事，除了踏实、努力，信心和意志尤为重要。现在我理解我爸说过的话了，人的内心强大了，就有了山一样的定力。"

说到这，夏立的脸上荡起笑容，满是幸福的记忆。他看看笔者说："您是不是想问，人的内心强大是指什么？"

笔者不由得佩服夏立的聪明，微微笑了一下。

夏立说："平稳就是强大，心智的平稳是成事的基础。人们讲骤然临之而不惊，泰山崩于前而不乱。人的这种定力，实际上就是内心的平稳。"笔者点了点头，表示同意夏立的观点。

夏立说："到了太行山脚下，我的想法就冒出来了，我最怕的就是记者拿着话筒，直直地在眼前晃来问去。"笔者笑了，说："我又不是记者，我觉得边走边聊，就是开拓思路、互相交流的最好办法。"实际上，来石家庄前笔者就想好了边走边谈的采访方式，笔者觉得在狭小的空间，是套不出夏立有劲有力有情的话来的。

夏立跟笔者讲：“小时候被我爸带到太行山来，真的不是搞什么教育，实际上就是游玩、散心，和现在人们搞的春游、秋游一样。现在我也常常带上妻子、女儿来太行山玩儿。实际上，我特别怀恋和我爸一起登山的日子……”

听夏立说着，笔者的眼前忽然出现了几十年前的山路上，年轻的父亲、年幼的夏立，爷儿俩同骑一辆二八大杠，一路欢声笑语而来的画面。

笔者也笑了，为眼前忽然出现的幻觉。

夏立参加大国工匠·湖湘论坛

夏立扫了笔者一眼说："那时可没有柏油马路，一直到山脚下全是土路，春天还好些，夏天被山水、雨水冲得坑坑洼洼的。二八大杠有时一颠老高，吓得我常抱住老爸的腰，怕跌下来，抱着老爸的腰真好啊，这一晃都 40 多年了……"

太行之行，是笔者和夏立共同商量出来的，也是笔者采访夏立的一部分。笔者曾多次对夏立表示："咱们不坐着干说，最好能够边走边聊，还要寻找最能激起你回忆和记忆的地方。"夏立说："我在这个大院度过了童年、少年，真的走到哪儿，都是满满的记忆。"

第四章 大院里的那个幼儿园

到达石家庄的当天下午，夏立就把笔者拉到了他从小生活的大院。他说下午不能接受笔者的采访，应邀要去一个幼儿园和小朋友们搞一个活动，而这是早已经定好的，看得出他很在乎和孩子们交流，笔者知道在孩子们中间是非常愉快的。笔者提出要和夏立一同参加幼儿园的活动，他爽快地答应了。

夏立会给孩子们说什么呢？幼儿园请夏立给孩子们讲什么呢？这引起了笔者的兴趣。之所以提出与夏立一同参加与幼儿园孩子们的活动，笔者就是想见一个组装钳台外的夏立。夏立开车把笔者拉到了研究院的生活区，生活区很大，满是幢幢高楼和来往的车流人流。笔者慨叹道："这么大的生活区啊。"夏立说："像这样的生活区，研究院还有几个。这是个最早的老小区，我在这个生活区生活了几十年。几十年啊，我的脚印把这里踏遍了。肖老，这儿的一草一木、一砖一瓦对我来说都是回忆，都是故事。我在这里上幼儿园、小学、中学，一直到参加工作，从没离开过这里。"

夏立像是动了感情，笔者觉着跟着夏立来幼儿园参加活动，是一个不错的选择。原先笔者还想留在宾馆里看材料呢，哪如来夏立生活的小区嗅嗅他的气味划得来呢？夏立指着一片高楼，兴致勃勃地说："过去这里都是庄稼地，这儿是豆腐房，这儿是副食店，四十多年前这儿有一个卖酱油醋的大姐姐，大姐姐好好看哟，院里的男孩们都来这里偷看她。我是眼见着大姐姐变成大婶、老奶奶的，她孙子是我师弟，我闹不明白大姐姐咋变成老奶奶了呢？这究竟是哪一天变的呢？这变化真的太大了。"夏立感慨着时光、岁月，来到了幼儿园前。幼儿园还关着大门，夏立说小朋友们可能还在午睡哩。

笔者问夏立与小朋友们互动什么呢，夏立说：“我给你发一个材料，是幼儿园的活动安排。”夏立说着，把材料发了过来。笔者急忙打开，认真地看了起来，原来是所里幼儿园第八届科技周的安排。这的确是研究院的特色，科技从娃娃抓起。这是研究院的院办幼儿园，有很多科技精英的孩子。夏立对笔者说：“肖老，我这就是双劳动之手哇！”笔者对夏立说：“你看他们咋宣传介绍你的，‘大国工匠’荣誉获得者夏立，为小朋友们带来非同一般的感受。”

夏立刚要讲什么，他忽然发现园门口走来一位年轻的女人，在冲我们打招呼。夏立说：“王老师来接我们了。约好的 2:20，真是一分不差。”笔者开玩笑说：“他们是在跟‘中国精度’打交道，哪敢拖拖拉拉的？”

夏立说：“肖老啊，我是啥我不知道，这是我的母校啊。50 年前，我拖着鼻涕，是被妈妈揪着耳朵拎进幼儿园的。妈一直说我在院子里野惯了，不习惯被圈在幼儿园里，一到幼儿园门前就哭闹，还在地上打过滚儿，那时，幼儿园也是平房，哪有这么漂亮的楼房啊。”

夏立眯缝着眼看着幼儿园，脸上写满了回忆。

王老师给笔者介绍道：“咱这幼儿园全称为中国电科网

夏令营学生进入工作室参观，夏立为学生进行讲解

络通信研究院幼儿园，实际上说所一幼就都知道了。”她说着把我们领进了二楼的一个大教室内，夏立手里拿着一些道具似的东西，包裹着放在了靠礼堂北墙的早就摆好的一张桌子上。笔者被安排在靠南边的一张椅子上。笔者和夏立南北对望着。中央黑板上贴着一些张贴画，红红绿绿的，原来是庆祝幼儿园第八届科技周的海报和手绘的宣传

画。幼儿园咋办科技周？王老师在招呼着排队进场的娃娃们，大声地说：“小一班来老师这儿，小二、小三、小四、小五班的小朋友们跟上，大家赶快坐好了。”娃娃们小声地议论着什么，在班级老师的带领下一排排坐好了。

这时，台上的王老师说：“小朋友们知道吗？爸爸，妈妈告诉过你们吗？咱们所里有一个‘大国工匠’，大家知道他是谁吗？”

“夏立！”小娃娃们七嘴八舌地叫了起来。小礼堂顿时都是“夏立”的呼叫声，此起彼伏。看来，夏立已经走到了孩子的嘴上、心里，他真是个大名人了。王老师继续说道：“夏立叔叔本事可大了，他能测出人的头发丝有多细。哪位小朋友愿意测头发啊？噢，老师先带个头。小朋友们看，老师一点也不疼。”王老师说着，揪下了一根头发交给了夏立。笔者挺佩服王老师的，尽管是拔一根头发这样的事情，也要自己带头，以减少孩子们对陌生事情的恐惧。孩子们很少有这样的体验，难免会产生这样那样的担心。王老师这样的带头，立马将小礼堂里的气氛活跃起来了。这时，小小的手臂已经举起了一片，个个争着让夏立测头发。王老师指着刚才跟笔者说话的那个小姑娘，叫着她的名字，说：“就是你了。来，老师给你拔根细细的头发。”王老师说着来到胖胖的小姑娘身旁，抚摸着她的头发，拔下了一根，说：“不疼吧？一点都不疼是不是？”那小姑娘像是完成了一件什么大事，脸涨得红红的，越发显得可爱。只见夏立接过王老师递过来的头发，放在了仪器下检测了起来，不一会儿检测结果出来了，说是小姑娘的头发要比王老师的粗出一微米。王老师高兴地说：“哇，你真厉害，比老师的头发还粗哩！”这小姑娘竟然冲着身边的同学们笑了起来，一排细细的小牙齿格外明亮，小朋友们也都笑了。王老师又问小朋友：“夏立叔叔能把头发丝都测出来，厉害不厉害呀？好，我们欢迎夏立叔叔给小朋友们讲话。”

夏立站了起来，笑着说：“亲爱的学弟、学妹们，50 年前，我也来到了这所幼儿园，这里有我的童年，我也是从幼儿园走出的孩子！我们现在是新老校友聚会，小朋友们说是不是呀？”小朋友们拍着小巴掌呼喊着：“是呀，是呀。”看得出，夏立非常愿意和孩子们在一起，他刚才那番话把他和孩子们拉得很近很近。一下子跨越了半个世纪，刹那，他就成为这群孩子中的一员。

王老师很能控制局面，马上接过来说：“我们的夏立同学现在是‘大国工匠’，他这次来是要给小朋友们表演个节目，也是一个科学小试验，说是小试验，难度高着呢！可以说是国家级的，世界级的。这次小朋友要看清楚了呀！大饱眼福哩！”

笔者也产生了好奇，不知夏立会给小朋友们表演什么呢？

这时，王老师揭开了谜底，她给小朋友们说：“夏立叔叔今天给同学们表演的是电钻穿纸。他用两张 A4 纸叠在一起，然后在第一张纸上钻孔打洞，而第二张纸上却不留任何痕迹。”

夏立展现电钻打纸绝技

听王老师说完，夏立拿出了两张白纸，正反面给小朋友们看，大屏幕上立即显出了两张白纸，而且慢慢地叠在了一起。只见夏立的双手握着一把精巧的电钻冲白纸钻了过来，一刹那，白纸上出现了圆洞，而揭开这张有洞的纸，露出第二张白纸时，却是光洁如初，没有一点痕迹。尽管过去看过视频，但笔者还是和孩子们一样惊讶，天爷，这是电钻呀，它得有多大的钻劲儿呀！夏立的手是怎样控制的呀？这得有多大的自控力呀？！而夏立就是握着这样的电钻，打制、研磨、校正在微米、毫米之间的设备，一丝一毫地创造着“中国精度”和奇迹，这看似不经意间的把控渗透了他多少年的精力、经验和智慧啊。

小朋友们还在叽叽喳喳地议论着，一个小女孩说：“我还担心扎着夏立叔叔的手呢！扎破了，那该多疼呢！”王老师接过小女孩的话茬说：“夏立叔叔是生产安全能手，他小心着哩。咱们现在再请小朋友们看一件夏立叔叔带过来的宝贝。”这时，大屏幕上出现了夏立神采奕奕地举着奥运火炬的样子。会场上的夏立高举起带来的火炬，给小朋友们晃动着看，小朋友们喊着叫着，把活动推向了高潮。“实际上每个火炬手跑的并不长，而且是封闭在一个公园里摆拍，就是一个人孤独地跑，并非电视上的人头攒动，可你还得招手微笑。电视导演会提醒你，向左招招手，飞雪你好！向右招招手，松树你好！微笑”——夏立讲着当奥运火炬手的趣事，孩子们笑哈哈的。

王老师把一切都掌控在手中，她问小朋友愿意和奥运火炬手照相吗，孩子们高声喊着愿意。于是，夏立拿着奥运火炬与每个班的孩子们集体合影，总共拍了五次。他总是拿着火炬蹲在最边上，脸上挂着谦和的笑容，和无数孩子纯真的笑脸融在了一起。

笔者想，照完相就该结束了吧？果然孩子们排队退了出去。笔者也站了起来，准备出礼堂，却见另一个门又走进了排着队的孩子，只听王老师喊：“中一班的来老师这儿，中二班的跟上……”

原来，另一场就要开始了，笔者马上意识到这是中班专场。接下来还会有大班专场。一趟下来，笔者问夏立：“挺累的吧？”夏立说：“没事，这累啥？”笔者说：“给纸钻孔，不碰另一张，挺难的呀！”夏立说：“我们有时磨平几微米，就得打磨上万次，甚至上十万次，干这个，磨高不易，削低就更难了。”

夏立是用最通俗的语言讲着他的工作，笔者听着，琢磨着，也只能听个似懂非懂。

夏立留影

笔者说：“是不是可以这样理解，有高点，把它磨平就可以了，若把低点找平，几乎全都是高点了，要是找平就费功夫了。”

夏立笑了，说：“我一辈子干的就是这个，双手与微米打交道，一次，一万次，十万次，没完没了……”

第五章 西山脚下的天线组装工厂

夏立决定拉笔者去西山脚下，他告诉笔者，研究所的天线组装工厂和厂里的生产基地都在那里。可以说当年为它们选点时，就是想把厂子隐藏在那里，逶迤的太行山可以为它们提供安全屏障。

夏立把车停在了一座高高耸立的山石旁边，然后我俩走近了这块石头。这座山石实际上就是一座大的雕塑，灰白的山石又透着点红色，质地粗粝，又透着无与伦比的坚实。夏立说这石头变成雕刻有许多年了，这儿搞开发，老板把它从山中运了过来。它过去就像一块飞来的石头立在山路边上，并不怎么起眼儿，可现在往这儿一放，就成了太行石了。

果然石头正面上刻着三个遒劲的大字：太行石。围着这块石头的是一个小花坛，花儿是粉红的，像一条条细细的小尾巴，在微风中轻轻摆动。放眼望去，山脚下长满了这种花儿，笔者是第一次见这种似花似草的植物，感到很稀奇。夏立说：“这是粉黛乱子草，长熟了，一片粉红花海，现在各公园、路边，都是这个，真是花海似锦。到时，城里的人们都会来这里合影留念。”

山脚下成片的粉红花海，透着一股说不出的炽热，而近观时，这草像扬着长长的手臂，风一吹，就像柔曼的少女在翩翩起舞。笔者拉住夏立说：“难得的好景致，咱也在这花海前留个影吧。”我俩让一个过路的游客，为我们拍了张合影。我们看看照片都挺喜欢的。我们还在那尊太行石前留了张影，夏立说：“我看见了这块太行石，就想起了我爸。实际上我第一次在山里见到这块石头时，还是 30 多年前，我爸带我来的。那天下了雨，河槽里涨了水，我爸一手揪着二八大杠，一手把我架在脖子上过了河槽，等太阳穿过云层，金光照在我爸的身上，我觉得我爸威风得就像天兵天将。那时，这石头就在离河槽不远的山坡上，我爸对我说：‘这石头多美！’”

笔者说：“你记得可真清楚。”

夏立说：“可不，因为那天是星期天，周六晚上被我爸狠打了一顿屁股，而第二天一早我爸就带我来看这块石头。而前一天晚上下了一夜雨。”

笔者开玩笑说：“你这‘大国工匠’小时候也有被打屁股的事情。说说，到底干了啥坏事？”

大国重器——建设中的大型射电望远镜

夏立说：“我上初一时各门功课成绩还不错，那时成绩在班上排第十四名，也挺不容易的。可到了初二就像被人揪着腿往下出溜，期中考试，一下子几门功课不及格。可我考砸了，竟还找不到原因。我惴惴不安地把考试成绩给我爸看，我爸脸一下子阴了下来，说：‘我并不要求你门门功课考一百分，可我也不能眼见你这么多门功课不及格。说说吧，为什么！’”

夏立说：“那能为什么呢？就是没考好呗！”

父亲一下子脸黑了，冷冷地看着夏立，让夏立非常害怕。母亲赶紧打圆场说：“下次立娃考好就是了。”

父亲让母亲到屋外去，母亲怯怯地说：“你有话给立娃好好说，别吓着孩子。”母亲出了屋，父亲冲夏立平静地说道：“趴到椅子上去，把屁股露出来。”夏立害怕地照做了。夏立趴在椅子上，父亲走了过来，抡起大巴掌就猛抽屁股蛋子。那真是钻心地疼呀！夏立不知道父亲的手这样重。那天，父亲特别有仪式感地打了夏立，并对夏立说：“想想为什么挨打！不要张口就来，想好了再说。”

这是夏立记忆中第一次真正挨父亲的打，而且打得他满眼泪花，屁股不敢着地，只能趴着睡觉。

第二天一大早，父亲把夏立推醒了，让夏立跟他到山里去。夏立坐在自行车后座上，然后紧紧搂住父亲的腰。父亲骑着车飞快地往西山去。路上，父亲继续问夏立："知道为什么挨打吗？"

夏立没有回话。据夏立对父亲的了解，自己挨打绝不是仅仅没考好那么简单。想想小时候调皮捣蛋的事没少干，自己把家里的手电筒拆了，把提醒爸妈上班、姐姐上学的双铃马蹄表拆了，零件散了一地，父亲不但没有责骂夏立，反而笑呵呵地带着夏立组装，直至表又嘀嘀嗒嗒地唱起了歌。就是几次跑到池塘里耍水，父亲也不过是轻轻地踢了夏立一脚。这次虽然考试不及格，可父亲为什么发这么大的火呀？夏立真是有些想不明白。

父亲见夏立没回话，说："别想了，你挨打是把没有考好当成没有考好的理由。你这是找理由搪塞，办了错事还瞪大眼睛找理由说瞎话，你说该不该挨打！还有，你是夏家的男儿，办啥事要立得住，挑大梁，可你犯了错还这样找理由狡辩，该不该挨打？"

夏立说："我知道了。"

父亲说："挨一次打，要懂一次道理。别怪老爹打你，我是过来人，我知道道理光靠磨嘴皮子是记不住的，有时得靠棍棒、巴掌。这玩意儿叫人长记性！"

夏立说：“我真记住了，记住了。”

那天，就像刀刻在夏立的心上。那天父亲蹚着没过腰的河水，把夏立背过河去，去见那块他心中的好石头。父亲那天对夏立说：“男人一辈子就得像这块石头那样立着，不能蜷着缩着。”

那天夏立挨了父亲的打，可父亲的教诲却让夏立记了一辈子。母亲曾埋怨父亲不该打夏立打得那么狠，“你这爪子下去，几道血手印哩”。父亲也不说话，自己该干什么还干什么，好像什么事情也没有发生过。这天夏立放学回来，一进门眼睛一亮，原来自家的屋子里放着一辆锃光发亮的凤凰二八大杠，每根辐条都闪着亮光，就连车铃铛都闪着几个光点。还有那凤头标志牌，那铁头凤凰似乎也要高兴地飞翔而去。母亲喜上眉梢地问夏立：“立娃，喜欢不？这是你爸爸送你的。”

“送我的？我高兴得都有些傻了。我这时才发现爸坐在屋里的椅子上，笑眯眯地看着我，他眼里的光都是慈爱。我一头扑进爸的怀里。”那时，十四五岁的男孩儿做梦都想拥有属于自己的二八大杠，骑着上学就像一只只快乐的小鸟。可因为家里的生活条件不好，夏立只有干看着家庭条件好的同学骑着二八大杠绕来绕去，羡慕地看着人家像自由的小鸟一样飞来飞去。现在夏立也有了自己的二八大杠，他对父亲说："爸爸，我今天好激动。"父亲说："爱惜着点。"夏立对父亲说："我天天擦它，不让它有一滴泥点子。"

夏立坐在小马扎上，盯着这辆二八大杠看来看去，这才发现它是父亲的旧车改装的，是把把套、车坐垫、脚蹬子、刹车都换成新的了，而大梁、辐条、瓦圈，也都做了翻新处理，父亲说："花了三块多钱哩，这不跟新的一样？"夏立说："爸，以后再去西山看石头，我用这崭新的二八大杠稳稳地带着您。您老放心吧！"父亲高兴地说："我得上儿子的济了。"有了自己的二八大杠，夏立就像现在的青年人刚买了私家车一样高兴地四处兜风。那时，夏立上学忙，父亲的招待所一摊子事没个节假日，他带父亲上西山的承诺一直没有兑现。"可我爸忽然走了，从发病到走总共也没几天，事情来得突然，就像天塌地陷，连给你想的时间都没有。我当时是个十几岁的孩子，一下子傻了，蒙了。"

同夏立一起承受这巨大灾难的还有个男人，那就是夏立的姐夫王增均。说起王增均，他是 20 世纪 70 年代末恢复高考后的大学生，当时在石家庄市城市建设局（现为石

夏立拍摄的太行山

家庄市住房和城乡建设局）工作，刚和夏立的姐姐结婚不久，就遇到夏家出了这档子事。在这院里采访时，笔者谈到夏家的这个姐夫，院里的人都说：“这姐夫可是夏家的大功臣。”那天，笔者和夏立在他生活的这个院里散步闲聊，遇到了王增均。这人一眼看上去有些儒雅，夏立介绍我们认识了。笔者立即提出想去他家坐坐聊聊，王增均憨憨一笑，领笔者去了他家，他家也在这个小区内，是个挺整洁的两居室。

王增均说：“我们和孩子的姥姥，也就是夏立家的老太太住在一幢楼上，多年来一直相互照应着。”笔者说：“听邻居师傅们讲，你是夏家的大功臣。”王增均笑了，说：“都说女婿是半个儿，几十年来多走动一些。那年春节刚过，老爷子病了，没几天就吐血，很快就没了，事来得快，忽地一阵风。那时夏立小，长得单薄，初中要毕业了，还是个娃娃，16 岁吧。我正年轻，只能啥事都顶上去了。”

王增均和笔者聊起了夏立，王增均说：“夏立这孩子沉稳，虽读书少，但好学好钻，反倒有了大成绩。你说他没读过啥书吧，二维图纸、三维图纸，他都能熟练地看，跟着操作。在学校读书的大专生、本科生，没有几年的实践摸索，根本做不到。现在夏立还获了几项国家专利，那是前人没有的，是有知识产权的。”笔者说：“我看过国家专利局发的专利证书，就是看了半天也没看懂。”王增均笑了，意思是这是自然的。“我现在倒是挺佩服夏立家老太太的，人不光硬气，还特别有主见……”王增均又说道。

第六章 那天，夏立的母亲，这个坚强的女人哭了

笔者对夏立说："你姐夫挺佩服你家老太太的。"夏立说："是说老太太有主见吧？那年我爸走了，我刚 16 岁，正要初中毕业。领导来家里慰问，问有啥困难，需要单位帮助解决的。老太太说：'他爸就是放心不下立娃。'领导说：'立娃还上初中吧？努力读书学知识，会有个好前程的。'老太太说：'领导哇，咱工人就是跟着所里奔前程，咱没啥文化，心气也不大，就想给娃找口安稳饭吃。现在我们是孤儿寡母了，老夏这娃也只能跟着所里找饭辙了。'

领导说：‘现在这娃还在上学，太小啊。’老太太说：‘不小了！他爸像他这么个年纪，早就验兵上部队了。穷人家的娃，天生都得大几岁。’领导啥阵仗没见过，就说：‘嫂子的意思我明白了，这得看看上边有啥政策，现在改革了，开放了，政策变化不小，看看咋办好孩子的事吧。’老太太说：‘老夏早走了，那就麻烦领导想着这娃了。我为娃的事找领导，可别嫌我老婆子事多啊。’”

父亲一走，母亲就下定决心要让夏立去所里上班。夏立说：“这事谈何容易啊！当时人事上有政策，所里的人尤其是一线工人，大都盼着子女能进所里上班。可当时正是酝酿打烂‘铁饭碗’的时候，这政策也是说马上就要废止了。当时我妈就是铆足了劲办这件事。她说这事再难也得办，说我爸在天上保佑着哩。我妈有时间就去所里，找人事，找领导，说明情况。”夏立劝母亲说：“咱努力尽到了就行，不行我就考高中，上所里的技校，没准还能上大学呢！”母亲说：“咱不想那没准的事，咱得盯着那多少有准的事情。”母亲继续往所里跑，找领导，找人事，折腾了半年多，夏立初中都毕业了，准备中考考技校。夏立备考准备得特充分。“肖老啊，我是背水一战，不瞒您说，我觉得自己重点高中都能考上呢。可就在那天晚上，我回到了家，只见姐姐在厨房里做饭，而我妈呆坐在椅子上，沉着脸，好像刚才还哭过，一言不发。我说：‘妈，我中考填志愿了，报咱所技校哩。’事情不成，所里也不光我一个孩子……”夏立对笔者说道。

母亲轻声地说：“立娃，你过来。”

夏立来到了母亲的跟前，母亲从衣袋里掏出一张纸，交给了夏立。夏立打开一看，竟然是所里人事处发给他的劳动录用通知书，他“啊”的一声，叫了起来。母亲说：“立娃，你给妈念念。”夏立大声地念了起来，高兴地对母亲说：“妈，让我明天去总装车间报到哩，我被录用了，从今天起我成为一名所里的正式工人了！”

母亲啥话不说，一把抱夏立在怀里，哇的一声，号啕大哭起来。姐闻声跑了出来说：“妈咋哭上了？我弟上班了，这是好事哩，天大的好事哩！”姐劝着母亲，劝了没几句，自己也哭开了。那天夏立也哭了。啥叫喜极而泣？老百姓家很难遇上什么喜事，夏立有了正式工作，这不是天大的喜事？母亲为这事奔跑了半年，总算跑了下来。那天，一家人笑啊，哭啊，母亲说所里的人是真好，姐说爸在天上保佑咱们哩。夏立说：“我一定好好上班，挣钱养家。”母亲说：“好好工作，咱不说天天拿第一，得奖励，

夏立刚进厂时的样子

可要把活干精干好是不是？”夏立说：“我一定听妈的。”母亲又说：“技艺学好了不压身，妈卖了多年的肉，一刀下去，斤两不差，谁见了不夸？”夏立说：“我记住您说的话了。”

第二天，夏立蹦跳着去所里的总装车间报到了，见到了车间的领导，几位领导都说夏立还是个孩子，身子骨还单薄。这时，一位领导左右端详着夏立，笑了，说：“就来我工段当总装钳工吧，我这儿就需要这样的好身材！”

于是，夏立就到那位领导那儿当了钳工。他就是王东亮师傅，也是他们的工段长。他让夏立领了工装，最小号的夏立穿上都有些大，但夏立还是乐得屁颠屁颠的。王师傅看着夏立的样子直笑说：“真是个好身材！”夏立问王师傅：“师傅，我咋好身材了？”王师傅拍了一下夏立的肩膀说：“小子，上了班你就知道了。我给你说吧，上了班，这不光是美事，它还是苦事、难事。”

在新疆维吾尔自治区出差的夏立

回家后夏立给母亲说了，母亲说："你师傅说得不错，上班的确是美事，可也苦也难，你要不怕苦不怕难，不光是给你爸争气，还要学好学会技艺，那是你一辈子的饭碗！"

那天夏立换上崭新的工装，骑上他心爱的二八大杠，在所里大院内转来转去，他真希望叔叔大爷们，看见他身上的新工装，知道他在所里的总装车间上班了。可是真的没人注意到他的新变化，在别人看来，这是最平常的事情。那天，他骑着车，忽然天上打了几个雷，瓢泼大雨就落了下来，他迎着铜钱大的雨点子，骑着车子就冲进了街上，兴奋地啊啊叫着。

"肖老，我真的还没有那么痛快过……"笔者能体会到夏立这个少年被招工、能挣钱的喜悦。因为我们也是这样生活过的。看着夏立，那个大雨如注的夜晚，也定格在笔者的心里……

第七章 这儿有我的青年……

那天，夏立一面讲着，一面麻利地开着车，并把车停在了一个类似公园的停车处。笔者问夏立这是什么地方，他说这就是西山脚下一个野趣十足的休闲地方。我俩走了进去，见到了一片湖，还有大片大片的芦苇，密密麻麻，一望无际。风儿吹过，芦苇摇来晃去，发出唰唰的响声，还有一些短腿的野鸭和长腿的水鸟，在水面上拍着翅膀漂来浮去，草丛和水面上显得乱哄哄的。

夏立在前面走，笔者在后面跟着。夏立说："那些年这里根本没有围挡，也没有开发，啥设施也没有，泥沼遍地，离我们的天线基地很近，甚至都连成一片。那时我刚参加工作，就来这个基地上班。工闲之余常来这里玩耍，我那时就像个小孩子。”笔者说：“你十六七岁，不就是个小孩子嘛！”夏立说：“这儿有我的青年，满满的青年。”他眯缝着眼睛打量着这片芦苇荡，不知想起了什么，脸上满是回味的表情。

夏立说：“那时规章制度不像现在这么细，我们这些青工说跑出来就跑出来了，摸鱼，在芦苇荡里捡鸟蛋，疯跑乱玩。肖老，年轻时真好。”我俩穿过了一片片的芦苇林，来到了一片被围墙围起的地方，离远望去，一个个造型各异的天线设备被围在围墙内。它们都是银灰色的钢架结构，在夕阳下闪着光，我俩站在远处，远远地观望着这些稀奇百怪的高大无比的天线造型。夏立告诉笔者，这些天线装置都能组成一个个的互联网，它们能接收、发送信号，都是民用性质的。看见了这些高大神奇的实物，笔者忽然对天线有了新的理解。夏立说：“肖老，我带你来这里，因为这里布满了我的生活足迹，我在这里干了几十年。”

夏立指着远处的天线支架，对笔者说：“肖老啊，这

28 岁的夏立在石家庄家中的院子里留影

些支架咱从这里看着不粗，可它都是空心的，天线都在这里面安装。我们的工作就是在结构内部的狭小空间进行的。咳，一上班，我就钻了进去，进行安装，举着钻机，上下左右装配。钻进这架子里，我才明白王师傅说我好身材的含义，我比较瘦，手长腿长，可以在架子里比较灵活地举着钻机作业，还算得心应手。”渐渐地，这就成了规律，遇上在架子内施工，总是夏立来。冬天时，夏立钻进冰冷的架子里，冒着严寒施工，一阵作业下来，即使在三九天也是一身大汗。夏天时，作业一完或者休息时，夏立便钻出架子往这芦苇荡里跑。一跳进去，自己就觉得快活似神仙，就觉得舒服，痛快……

夏立问：“肖老，您知道‘蜘蛛人’吧？”笔者点点头说：“在视频上看到过，吊在天空上作业，很辛苦的。”夏立说：“我们天线总装工人，实际上也是‘蜘蛛人’。寒冬酷暑，夏雨冬雪，风吹日晒是家常便饭，这是我们‘天线人’的生活常态。”

看着形状怪异、高耸入云的天线，笔者问夏立：“在那上面施工作业危险吗？”夏立想想说：“熟了后在天线架子上走来走去的，就跟在平地上行走一样，有时还能小跑呢。后来被王师傅骂得不行，我们就不敢了。王师傅不光是我们年轻人的师傅，还是车间的工段长，生产安排、生产调度、人员安排、生产进度、生产安全，还有职工的吃喝拉撒，没有不操心的。他特别强调安全生产，工段上四五十号人，青年工人多，免不了有个打闹调皮，王师傅就坚决制止。只要有王师傅在，大家都老老实实的。王师傅常说的一句话就是：‘你们父母把你们交给我，我就得多操点心。我就是门神，得镇着点。我不怕你们不高兴，安全，知道不？安全！’”

夏立说刚参加工作时，安全生产就靠师傅提醒，不像现在有这么多规定，有专职安全员，任务就是监督安全生产，照章办事，安全倒是安全了，可让工作失去了许多乐趣。我们过去嘻嘻哈哈着就把事情办了，把工作做了，现在得板着脸，对着规定检查、对照。笔者问夏立：“你遇到过安全生产事故吗？”夏立说：“年轻时遇到过一次，那还是刚参加工作不久，就在那个天线架子上。您看见那个天线了吗？支架密密麻麻的，就像个老鸹窝。”笔者远远地望了望，见天线支架上一根根方管子左插右立的，确实像一个鸟窝。夏立说：“我就钻进里面工作，装配部件，虽然空间狭小，转身作业挺困难的，但小心点就是了。谁知光顾这头了，问题却出在了外头。一天早上，我攀上了天线架子。嘿，我记得挺清楚，那天有两只布谷鸟在天线架子上头跳来跳去的，还‘布谷布谷’地唱着歌。我刚把它们赶走，伸手抓住细支架往上攀，谁知一用力，那细支架竟然滑落了，焊接点出问题了。细支架焊在上面，不起眼儿时，它和其他部分是一个整体，但它脱落时，就像一根金箍棒打了过来，我头一低，那细支架带着风扫了过来，回弹时正把我的腿扫了一下，人们都说好险，要是打在我的头上，怕是要‘报销’了。我的腿被撕开了一条

夏立出差时的工作环境

七八寸长的大口子，血汩汩地往外涌。工友们赶紧把我送进医院治疗。我刚缝完针止住血，王师傅就闯了进来，着急地问：‘骨头没伤着吧？’我苦笑说没事，就是腿上让扫了一下，划了个口子。王师傅突然咆哮了起来：‘没事？有事就晚了，到时咋让我给老夏嫂子交代？不行，咱段上要借着今天发生的事情，搞安全生产大整顿。’果然，之后工段开展了安全生产教育检查，王师傅一连多少天念开了安全生产‘紧箍咒’，搞得工段上紧紧张张的。工友们来看养伤的我，说王师傅黑着脸抓安全生产教育，一就是一，二就是二，工闲再往芦苇荡里玩儿，连想都甭想，谁都不准出厂区。”

王师傅平时和蔼绵善，可发起火时，又是个极端严厉和认真的人。夏立就挨过他劈头盖脸的一顿大训。有一次，王师傅带着夏立在天线面板上铆接调整杆，这调整杆类似一个大螺栓。夏立拿起大螺栓就扔在了天线面板上，这当声未落，就听王师傅大吼道：“夏立，你这浑小子，你就不能往面板上轻放呀？轻拿轻放，稳当生产，这还用我教你吗？你看看我是咋干的？师兄弟是咋干的？你是咋干的？这是要砸家呀！”夏立被师傅骂得头都大了，真是很少见王师傅发这样的火。夏立忙把大螺栓重新捡起来，

大国重器的建设者——“蜘蛛人”

夏立走进职业院校宣讲

又小心翼翼地轻轻放在面板上。王师傅这才笑了："小子，天线装配生产就得这样轻手轻脚，一丝不苟，养成习惯。"夏立这才知道，好的生产习惯是慢慢培养出来的，是师傅言传身教熏陶出来的。从那以后，夏立毛手毛脚的毛病真的改了许多，一到天线装配面板上、到操控室里，他就立即进入了状态，不敢说是气定神闲，也是全神贯注。

笔者说："这就叫潜移默化，润物细无声嘛！夏立，你刚参加工作就碰上了这样好的师傅，是你的福气呀！""我们所里有一支这样过硬的工人队伍，认真负责，精益求精。尤其是我们总装工人队伍，那才是一顶一地棒！这么给您说吧，再精密复杂的设计，都要通过我们的双手，把它变成实体，通过我们的双手把科学家的奇思妙想化成现实，化成产品，送到用户手中。我们打通的'最后一公里'，是我们把科学家、工艺师、总装师、设计师的设计、构想，化成了天上美丽的彩虹。"夏立说着，用手指点着天线总装基地的一台台形形色色的天线。那各异的形态，透着设计者的灵动。夏立接着说："人们只记住了设计者，而往往忽略了把图纸化成实物的我们，这个转化的过程实际上充满了我们的汗水和智慧。我们有时还得弥补设计上的不足，使尽浑身解数完成设计上的构想，在这些伟大的项目中，如若没有我们将图纸做成产品，或者是我们不能完成图纸设计，即使是再好的设计它也只是一张蓝图，转换不成生产力，是我们把它变成了现实。”

夏立双目炯炯，多少讲得有些慷慨激昂。笔者感到夏立在讲这番话时，体现了一位全国人大代表的风采。夏立讲自从当选为全国人大代表后，自己在代表履职报告里，多次为一线生产工人发声，并且得到了有关部门的首肯。夏立的提高一线生产工人待遇的提案，上级有关部门非常重视。“我是年年都要提，完成一个一线工人代表的责任，因为我代表的不仅仅是自己，而是代表一线生产工人发出心声。我在完成代表提案中，首先想到的是我的师傅，我的师兄、师弟，我既是他们的代表，也是无数产业工人中的一员。”“我成为人大代表也好，或是‘大国工匠’也好，我觉得自己就是他们当中的一员，我的成功和荣誉，都是身边的师傅、师兄、师弟们伸出双臂托举起来的。我是这个大海波涛中涌起的一朵浪花，我永远是这个汪洋大海中的一滴涌动的水珠……”夏立感慨道。

夏立就是一位普通工人，这是几天接触下来，笔者突出的感觉和体会。一个普通人，这是笔者在采访本上反复提醒自己的一句话。多天来，夏立说起自己的师傅，说起自己的工友，感情是那样地炽热，笔者离老远都能感到他身上散发出的腾腾热浪。

第八章 当钳工，先练俯卧撑，还要数芝麻……

夏立曾对笔者说起，他 1987 年入厂时，曾跟一个叫金秀丽的师傅当学徒。别看金师傅有个软乎乎的女人名字，那可是一个真爷们儿，看着就有一股男子汉气势。夏立告诉笔者金师傅有一米七几的个头，人长得不胖不瘦，显得匀称结实。夏立记得非常清楚，那天是工段长王师傅把他带到金师傅跟前的，说他是厂里新招的徒工。那天，金师傅看看夏立笑了，说：“这孩子我认识，他是‘小夏所长’。”王师傅一听也笑了，说：“厂子大是真大，说厂子小也是真小，转来转去都是知根知底的。原先我还想交代些啥，现在啥也不用了，夏立啊，跟着你金师傅好好学本事吧。”王师傅又说：“老金，我把这孩子交给你了。”夏立给金师傅鞠了一躬，说：“师父，我以后就跟您学本事了。”

王师傅说完摆摆手走了，就留下了夏立和金师傅。夏立想金师傅连自己十年八年前的外号都知道，还介绍个啥？本来夏立昨晚想了一夜咋跟师父介绍自己，现在反倒一句话也没有了。金师傅问夏立：“技校毕业了？”夏立说：“我没上技校，初中刚毕业就被招到厂里来了。工段长说您本事大，让我跟您好好学本事。”金师傅笑了，说：“本事得慢慢学，一点一滴，一丝一扣地学。学个一二十年，都不算什么。这可是一辈子的事啊！”那时夏立刚十六七岁，对一辈子真是没什么概念。

夏立对金师傅说：“工段长就是说让我跟着您好好当个钳工。”

金师傅又问夏立：“夏立啊，你了解钳工吗？”

夏立茫然地摇了摇头，说：“师父，我真的啥也不知道啊！”金师傅说：“看你这孩子说的，你要是都知道了，师父教你啥？你就跟着学吧，这里面的门道多着哩。咱54所的天线厂，好工人出了一代又一代。在咱这个行业，

54所天线厂的工人有名着哩。”

金师傅看夏立还是个孩子，一个劲儿地鼓励他。夏立说：“我一定当个好工人，给咱54所争光。”金师傅却说了句：“小子，你得对得起你妈，我那老嫂子。”夏立说：“我一定对得起我妈。”金师傅笑了，说：“你说这话，我爱听。”

第二天，金师傅把夏立叫到身边，拿出一根钻头开始打磨，一面打磨一面让夏立看，教夏立如何操作。夏立的钳工生涯，就是从打磨钻头开始的。夏立一边看，一边学着金师傅打磨钻头的样子，心里揣摩着，手还在一边比比画画。金师傅看着夏立的样子说：“你小子学得还挺上心的，现在知道咋打磨钻头了？”夏立说：“就跟着师父的样子学习呗！”金师傅拿出来一根钻头，说：“夏立啊，你拿着这根钻头打磨去，啥时候把钻头磨没了，让师父再看看你打的孔，师父算把你领进门了！去打磨吧，师父领进门，修行在个人。”就这样，夏立拿着一根钻头，整整地打磨了一天，到了下班时才让金师傅看，金师傅看了半天不说一句话。夏立小心地问师父：“怎么样呀？”金师傅还是不说话，只是看了看夏立的手臂，还看了看夏立的手，摇了摇头。夏立又问怎么样，金师傅这才闷闷地说了一句话："小子啊，打磨钻头是基本功，你还早着呢。早着呢，好好练吧。"

"那些日子，我的任务就是从早到晚地打磨钻头，那真是严酷的打磨训练。我虽然个子不低，但比较瘦，手拿着钻头晃来晃去的。金师傅看了直叹气说：'夏立啊，你得撑住稳住，手臂得有劲！撑不稳，你做不好钳工活！'我握着钻头，晃晃的，几乎就碰不到砂轮。这可咋打磨呢？金师傅说：'手臂有力，重心要稳，这才是当好钳工的第一步，看你这胳膊跟瘦麻秸秆似的，这可不行！'我也不知该怎么办！师父说：'夏立啊，在打磨钻头前，你先做 20 个俯卧撑再上操作台。'我有些发愣，一时不理解金师傅是啥意思。金师傅说：'你得先练臂力，手有劲了，就能撑得稳了。你这小子得从最基础的做起，没个好手劲，吃不好钳工饭。'"

从第二天起，在上操作台打磨钻头前，夏立就遵金师傅的嘱咐，先做 20 个俯卧撑，然后再打磨钻头。头几天，夏立的双臂又酸又困，双手也软绵绵的，更找不到砂轮了。过了十几天以后，夏立感到自己的臂膀有力了，手也有劲了。夏立说："肖老啊，那些日子我跟脱胎换骨一样，真的感谢金师傅啊。"

夏立在河北省第一届职业技能大赛上发言

笔者说：“金师傅就是想增加你的臂力，提高你的平稳度。”夏立说：“我每天早上练俯卧撑，就跟自己的修行一样。就这么练了一年多，日复一日，天天做俯卧撑，我能够非常轻松地磨好那小小的钻头，再看看自己的臂膀，是那样的结实有力，我真想一遍又一遍地对金师傅说：‘谢谢了，师父！’”

夏立说的是那样地诚恳，那样地动情。看得出来，他是一个懂得感恩的人。笔者也为金师傅这样奇特的钳工训练方法，感到新奇。也许，夏立和他的团队就是这样开启了“中国精度”的第一步攀登——从练习俯卧撑开始。

听笔者发着这样的感慨，夏立笑着说：“练俯卧撑只是第一招，为了培养我，您猜猜金师傅还给我出了什么样的一招？”

笔者想了半天，只得摇摇头说：“这我怎么能猜得出来呢？”

夏立兴奋地说：“为了磨我的性子，金师傅竟然使出了更绝的一招，让我数芝麻。”笔者一听，更是感到分外地惊奇，着急地问夏立：“这到底是咋回事呢？金师傅咋会让你数芝麻呢？”

夏立说：“我们天线厂高人多了去了，金师傅就是其中一个。金师傅常问我们这些小徒工：‘钳工是什么呢？’我说：‘磨钻头呗！’金师傅拍了下我的屁股，笑着说：‘你呀，真是个傻小子！’他那神态，他那语气，让我一下子想起了我爸，我当时鼻子一酸，泪水就涌出了眼眶。金师傅见我泪汪汪的，忙问：‘你这孩子咋了？咋忽然眼泪叭嚓的？’我有点不好意思地笑了，说：‘不知为何忽然想起了我爸……’”

那天，金师傅对夏立说：“你爸是要告诉你好好地当个钳工！不要好高骛远，安心地当个好钳工！孩子，当个好钳工不易！钳工是什么呢？是切削加工、机械装配和修理作业中的手工作业，因常在钳工台上用老虎钳夹持工件操作而得名。一些采用机械方法不适宜或不能解决的加工，都可以由钳工来完成。钳工可是机械制造中最古老的金属加工技术工种。钳工的精准要用丝来衡量，而我们的天线装配很多时候是用微米来要求的。人的手微微一抖，这个幅度也有成百上千丝，所以必须手稳，不敢说托起一座山来，起码是有磨盘压手的功夫，‘稳’字当头，‘准’字第一，这又稳又准的前提是心静，要静如止水，水波不兴。我为什么让你无休止地打磨钻头，实际上是让你心静。你想，你是要在丝和微米维度下工作的人，首先需要心静。孩子，你要做和微米共舞的人哟！你想，一部精密天线需要将成千上万的零件安装组合在一起，间距的精密度属于丝级和微米级，这大都是用手工来完成的，心静才能手稳，你首先要坐得住啊！坐如钟是基本功啊！”

夏立惭愧地说：“师父，我从小就好动，坐不住啊。”那天，师父真是对夏立苦口婆心了，可夏立坐不住，他知道自己这个要命的毛病。“有时师父带着我们组装制作天线部件，师父一天就能完成多件，而我几天也完不成一个部件。我坐在钳台前，总是心神不宁，觉得有什么事情要发生，连 20 分钟都坐不住。心不静，手不稳，摆幅一大，制作的部件就会报废，有时一天白干多次，师父就骂我：‘你屁股下面有针扎啊！’我说：‘我哪是屁股下面有针，我是心里面长草啊！’”金师傅沉着脸说：“你这次算是找准了毛病，我得给你小子对症下药哩！让你绣花吧，我又怕你糟蹋了好布料，你说咋办？小子，你得去心火，磨性子，不是人人都能跟微米共舞的。万里挑一，还是十万里挑一，这都不是往多里说的。”

夏立对金师傅说：“我就是想当一个好钳工！”

金师傅说：“我早为你想了个好法子。你每天晚上取一勺子芝麻摊在桌子上去数，多时连着三次结果都一模一样，你才算心静磨成了。数芝麻能改‘一看就会，一做就废’的臭毛病！”夏立给金师傅说：“我一定好好地数芝麻，彻底改掉心浮气躁的毛病。”

现在夏立跟笔者说起金师傅让他数芝麻的故事，还是感慨万千。

那天晚上，夏立在自家桌子上铺了块白布，然后取了一勺子芝麻摊在了白布上，认认真真地数了起来。那天，看夏立数芝麻的模样，母亲笑着说：“孩子，这准是你师父出的好主意，是给你去心火呢。”母亲是生产技术能手，一眼就看懂了金师傅的套路，连连摇着头说：“立娃啊，这可不容易哩。”

那天晚上，夏立把一堆芝麻数了三遍，得出的数字分别为2120、2112和2009。看着满眼的芝麻，夏立的头真有些大了，心里也乱糟糟的。夏立深吸了一口气，要再数一次试试。夏立几乎是屏住呼吸地数芝麻，结果三次的数字越差越多。夏立竟然跑到桌子底下找芝麻，他怀疑是自己的呼吸把芝麻吹到了桌子底下。当夏立被折腾得有些筋疲力尽时，不觉间已是凌晨两点了。夏立这才关灯睡觉。可不知为什么，夏立躺在床上，可眼前总出现乱蹦的芝麻粒……

“一连几个月，我就这样数芝麻，慢慢地，我真坐稳了，坐住了，心中啥事没有，就是一心一意地数芝麻。两个多月过后，我数芝麻的误差越来越小，有时几天，误差不过两三个。有天快下班时，金师傅问我：‘小子，数清楚了吗？’我笑笑说：‘差不多了。’金师傅摇摇头说：‘以后要天天和微米打交道，差不多哪行？你要记住，在天线装配上，差一丝、差一毫都不行，告诉你吧，这话就是给咱们天线工说的！’我诺诺地说真是这样，那时师父讲的

夏立（左一）和他的师父金秀丽（中）

就是金科玉律。那天师父在下班时忽然说：‘夏立哇，我瞧你一看就会，一干就废的毛病越来越少了，几乎没有了，我琢磨着你的芝麻也快数明白了。’那天，我记得很清楚，是师父叫我数芝麻的百天头上。我一开始觉得是煎熬，你说一个20岁的大小伙子在家数芝麻，这叫练什么功呢，慢慢地，啥感觉也没有了，火气啊、焦躁啊、心慌意乱啊，啥都没有了，我脑海里光是芝麻，再后来，啥都没有了，一片澄静……”夏立回忆道。

笔者想着有一百多个寂静的夜晚，一个青年人伏在灯前数芝麻，这是浮躁萌动的20世纪80年代，多少青年人彻夜想着上大学，多少人做梦想成为“万元户”，多少人和朋友在咖啡店里轻轻地呷着咖啡。而夏立呢？数着芝麻，练的是心静，修的是心空。夏立告诉笔者，就是在那个百日夜晚，他首次将芝麻数得一模一样，三次都是同一个数字。那天晚上夏立睡得非常安稳，轻轻地打着鼾，连梦都没有做一个。第二天一大早，夏立轻轻地起了床，稳稳地坐在了床前，慢慢地数起了芝麻，一连数了三次，数字和昨晚的一模一样。夏立知道，他成了；但他没有丝毫的激动，也没有为这百天来的辛劳付出而有任何感慨，平淡地就像喝了一杯水。那天，上班时，夏立走到金师傅的跟前，轻声地说："一勺子芝麻共有 2126 个，3 天 21 次都是同一个数字。"而金师傅只是抬头看了看夏立，就说了四个字："你出徒了。"

夏立说到这儿的时候，笔者看到他的脸一直往上仰，笔者看到他的眼睛有泪花闪烁。笔者问夏立："你就是那天出徒的吗？"夏立说："哪有出徒的时候！我现在遇到事情，总还是想找师父。"夏立告诉笔者，他师父是个利索人，师父只带了他两年，他就正式出徒了，而师父也去厂部当了调度。夏立出徒比别人早了一年，不到 20 岁就能独当一面。而夏立对笔者说，他出徒后接受的第一项工作，若不是找师父指点，他就彻底干砸了。

第九章 出徒第一次接活，差点儿干砸了

夏立说，哪个徒弟不想出徒呢？按当时所里的规定，出徒还是有考核的，他顺利地通过了出徒考核。出了徒，真是天高海阔，自由飞翔。出徒后，可以接活，领取奖金，还没有师父管着，尽管师父是大好人，但夏立也不愿让他管着。这都是人之常情。

出徒没多久，夏立终于接到了自己的第一个活，是由他带着一个人一起干的。这是安装三个天线，夏立一看天线型号，过去跟着师父干过，不敢说是轻车熟路，但也

并不是一个陌生的工作任务。夏立当时心里还有一阵小高兴，觉得第一次独立接活，就碰上了一个并不费劲的好活，一定要干得漂亮一些，想办法证明一下自己。夏立心中扬起了一阵阵的波澜。可这兴奋很快遇到了冷水浇头，正像师父曾经多次提醒的，真是一看就会，一干就废。

拿着图纸和部件进行天线组装时，夏立遇到了难题。当天线中心体的零件划出等分线，为后续辐射量的焊接做准备，但奇怪的是当划到最后，线却重合不了。夏立两人

工作中的夏立

又重新划了几次，线还是重合不了。夏立一下慌了，开始抱怨自己，是不是有些头大了，开始嘚瑟了？这回现眼了吧？夏立知道自己现眼是小事，完不成客户交给的任务，那可就给所里造成损失了。夏立这时才体会出了，老人们常说的“嘴上无毛，办事不牢”的含义了。夏立逐步分析自己的施工步骤，都是按师父教的一步步来的，不应该出现线重合不上的问题呀。夏立绞尽脑汁也找不出问题出在哪儿，只好去找师父。那时师父已经调去厂部上班了，师

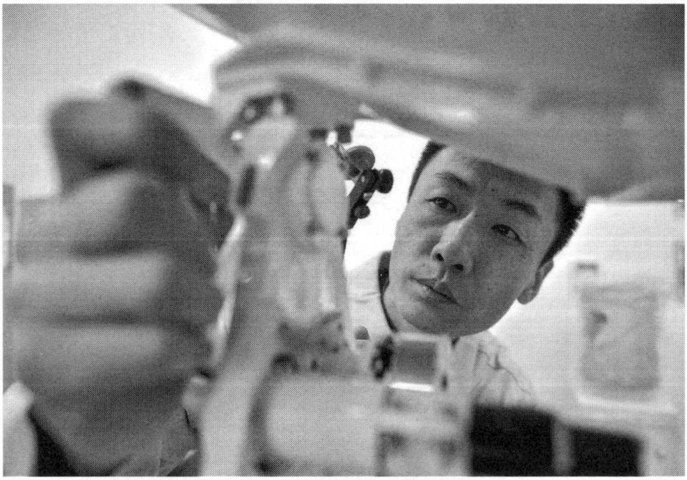

夏立工作场景

父一听停下了手里的工作，跟夏立来到了天线安装现场。夏立给师父介绍了怎么划的线，师父冷静地听着，然后问夏立："中心体水平调到了多少？"夏立忙答："中心体水平仪的三格。"夏立回答得非常麻利，像这都是小儿科的问题。但师父听了夏立的回答，还是让夏立把水平仪拿给了他，师父看了一眼道："你说得不错，可是你调了吗？水平仪归零位了吗？"夏立这才想起自己一忙，忘了将水平仪归零位了。师父笑了，说："你这叫眼大漏神，涮锅漏盆。"夏立当时真是臊得很，恨自己咋犯了这么个低级错误呢？姜还是老的辣，师父一两分钟就找到了症结，真是厉害。这时夏立才知道了自己真是啥也不懂，以前跟着师父干时，啥事师父都干了，都提前想到了。现在离开了师父，自己单独飞了，才体会到当年师父山一般的存在。

"于是，我在开工的时候，就要静下心来，回忆师父当时是怎样做的，一点一滴都不落下。就像过电影一样，我想着师父是怎样布置生产的，是怎样叮咛自己的。于是，师父就像动了起来，就像时时刻刻在你身边，手把手地教你做事。这么一回味师父，我就知道自己该怎么样做了，也就避免了冒失和莽撞，有个师父在自己身边耳提面命，多好！之前有个记者问我，是如何克服失误走向成功

在唐山，夏立作为“大国工匠”参加技能大赛宣讲

的，可有什么独门秘籍和法宝？我说是时刻把自己摆在学徒的位置上，摸索着前进，如临深渊，如履薄冰……你说这是不是我的不忘初心？”夏立感慨道。

笔者冲夏立笑了笑，还伸出了大拇指，夏立也腼腆地笑了。夏立说：“我这个人没事就爱琢磨，不管天线装配多么紧、多么忙，开工之前我都要想一想，师父若在，他会怎么办，我该怎么办，啥事都要想透了，我才动手。过去，我有个毛病，坐不住，一上操作台20分钟，准走神，而在丝级作业、微米操作时，心一分，手一颤，动作稍微走形一点，就前功尽弃了。而20分钟，正是我进入调整期的时间，正是要出成绩和出问题的时候，我就在心里给自己一个大声猛喝，就像当头给了一棒，让人激灵清醒。这样，我就给自己制造了一个生物钟，工作入定20分钟，这个生物钟准提醒我，让我保质保量地完成任务。这世界上最难的事情是改变自己，可我在改变自己的同时，尝到了人生的乐趣，人只有不断地改变并超越自己时，才能真正体会出生命的意义和价值。”笔者由衷地佩服夏立的有感而发，正是他肚子里有货，才让他的钳台变成了实现人生价值的壮丽舞台。

夏立对笔者说，他出徒后第一次独立完成天线的组装

夏立参加河北省劳模工匠职业院校薪火行宣讲

工作这件事情，他记了几十年。那次，夏立说他装的不只是天线，在自己肚子里装了许多东西，大大补充了自己的知识，丰富了自己的脑瓜。“我感到自己最大的收获就是，请回了永远不走永远在身边指导帮助自己的师父。这太重要了。所里的师承制度已经形成了一种文化，在潜移默化地影响渗透着我们，如春雨绵绵滋润哺育着我们……”

正是在这种文化的影响下，夏立成为一个优秀的钳工，在工作中渐渐变得得心应手，做到了心手相应，他像一颗新星冉冉东升，得到了方方面面的关注。夏立说他踏踏实实地做了 7 年钳工，安装了形形色色的天线，于一台又一台天线安装中度过了自己最好最美的青春。这年，25 岁的他遇到了人生的一件大事情……

这天，工段长来到了夏立的钳台前，告诉正在精心聚力干活的夏立：“厂长找你哩！”

“厂长找我？”夏立像是不敢相信自己的耳朵。

第十章 所里最年轻的工段长……

夏立有点蒙，他想自己就是个一线工人，即使有什么事情找工段长也就能解决，没啥惊动厂长的事情啊？夏立说，那年他25岁，还是个光棍儿，最多是个大龄青年，厂长找自己干啥呢？夏立当时真是摸不着头脑，多少有点惴惴不安地去了厂部，见到了厂长。

厂长是个利索人，见面就说：“夏立啊，厂里新成立了钳工装配五段，现在人员已经配齐了，厂里决定由你担任五段的工段长。”

“让我当工段长？”夏立有点傻呆呆地看着厂长，不敢相信这是真的。他揪了揪自己的耳朵，确定厂长就是这样说的，下意识地说：“我只有25岁啊！”厂长笑着说：“要的就是你这个二十五！不是二百五！”厂长这样一说，夏立一时都不知该怎么样回答了，有点呆呆地立在那儿，厂长冲他摆了摆手，示意他可以离开了，这就算是完成了任职前的谈话。夏立跟笔者说起这段往事，仍有无限感慨。夏立说：“我还等着厂长的许多交代呢，可他多一句话都没有，就完了。”夏立摇了摇头，他还沉浸在小30年前的情景里。笔者觉得夏立是个心思很缜密的人，也是个很恋旧的人，甚至让人觉得他仍活在自己生活过的历史当中。笔者说：“你记得可真清楚。”夏立说：“我没法不清楚，这就像刀子一样刻在心里。让我当工段长？您是不知道，厂里最难干的就是工段长了。这工段长不光管生产，还要管几十号人的吃喝拉撒，还得操心段上大龄青年的婚姻大事。我那时是光棍儿一条，还指望着别人关心我呢。肖老，您别见笑，所里就是这么传下来的……”

笔者说：“我知道，厂里实际就是个小社会。”夏立说：“真是这样了，尤其是工段，它就是最基层的一个小社会。最不好办的是工段长啥都解决不了，可还得啥都解

夏立（右）和老同事——设计师一起工作

决。工人有事第一个找的就是你，说不定你就是他能见到的第一个官。可我知道咱是啥官，说句难听的话，连弼马温都不是呀！我就怕婆婆妈妈的事，可我还得管，半夜里老人住院你送不送？厂工会的避孕药具让你去领，你领不领？”笔者问夏立：“工段长，不就是主要安排生产吗？”夏立说：“恼人的不是主要事情，而是次要的事情，它们能把你搞得人仰马翻……”

夏立接着说：“咱工人首先得生活是不是？当知道厂里的任命不可更改时，我只有应下来，担起天线厂五段工段长的挑子！那天，我去找师父商量咋当工段长的事情。师父那时已经是天线厂的副厂长了，他说你只有这一条路了，不光要干，还得干好。我说：‘师父，干这工段长我咋提不起神呢？甚至可以说一点感觉都没有。你让我数芝麻，我是越数越有劲，而且还能较上劲，几个月对着这些蛤蟆颗子玩意儿我都不烦。’师父说：‘工段长可不是三月俩月的事情，你要准备长期干下去，得有个思想准备。我师父一直干到退休还是个工段长。’我说：‘师父哎，我是找你讨要个主意呢！’师父说：‘那有啥？人家咋干你咋干呗！’我说：‘我更愿意数芝麻呢！师父，你是知道我的，我更愿意学技术。’师父说：‘行了，行了，先干些时间再说吧！它不影响你学技术，这个师父懂！我现在是副厂长了，哪天不是一大摊子事？可你们有技术上的事情，不还是找我？不影响，不影响，干好你的工段长吧！’师父鼓励了我一番，要我一定做好工段长。师父还说我是所里有史以来最年轻的工段长。”

师父说：“之前咱们去新疆维吾尔自治区喀什遥测站装天线，在大沙漠里给你过生日，方便面、鸡腿加啤酒，对着头顶车轮大的月亮，你哭得眼泪汪汪的。”夏立说：“我想起了我妈做的烩饼，禁不住哭了。”“好了好了，夏工段长，”师父开着玩笑说，“现在方方面面对你的期待比较高，上上下下无数双眼睛盯着你哩！25岁就当上工段长了，真是改革开放，胆子再大一点，步伐再快一点了……”

段上开了个会，宣布了对夏立的任命。夏立看了看自己领导下的五段职工，几乎个个都是高级技工，都是他毕恭毕敬称师傅的主儿。而夏立只是个普通技工，刚出徒还没有几年，是个连媳妇都没有的小青年。平时遇上这些人都得侧身让开，师傅长师傅短地叫着。他们当中的许多人和自己的父母年纪差不多。说实在的，让他怎么去管理这些叔叔伯伯们呀！可大家跟没事人似的甚至看都不看他。

待到了夏立讲话的时候，他发现师傅们的巴掌拍得又格外响，好像挺欢迎他。夏立也算发表了就职演说，表示要和五段的师傅们共同把五段带成最能战斗的钳工集体，保质保量地完成所里和厂里交给的各项任务。夏立还说："大家都是我的师傅，而且是我永远的师傅，我是各位师傅眼皮底下长大的孩子，希望师傅们支持、帮助我的工作，咱们齐心协力共同把五段的事情办好。"夏立说完后，听到了几声呱唧，稀稀落落的，他心里一下子又空落落的。这时一位老师傅说话了，夏立只知道自己跟他住在同一幢楼上，虽都是天线厂的，但不在一个工段，只是看着面熟。老师傅说："你现在是领导，那可不一样了，你是我们的主心骨呢！"众人哄的一声笑了，夏立也笑了，不过是苦笑。夏立说："我还跟过去一样，是大家的孩子，师傅们需要我做什么，言声！"众人有的说："好，别看我们这些老梆子，有时真能派上用场哩。"还有的说："我听领导的，你指到哪我打到哪。""领导不交代，我们都没有个抓拿。我们就是天生让人管着的命。别看你年纪不大，但是秤砣，压千斤哩。"还有的说："你不能光顾自己三饱两倒了，你得计划好，安排好，这是几十口子人的饭碗呢。"夏立一听自己与别人的饭碗有关，头脑更是乱哄哄的。那天，这些人在夏立眼前晃来晃去的，这情景让他想起了在上初一时，自己当班上的图书管理员的事情。

“肖老，我给您讲过我当图书管理员的事情吗？”夏立看着笔者，似乎又想起了许多事情。笔者对他说：“你可没有讲过，你现在讲给我听听。”夏立说：“那年我 13 岁，班主任让我当图书管理员。那时班上有几十本书，供同学们借阅。下午借书时，我就被同学们围住借书，满眼都是小胳膊，同学们夏立、夏立地叫着，吵着要借书。我急得手忙脚乱，还是当不好图书管理员。有一次，我还把一本书的书皮撕坏了。那天，老师虽没说我，但狠狠地瞪了我一眼，我心里挺乱的。回到家，我爸看我烦烦的样子，问我怎么了？我就说了借书的事情。我爸说：‘这事得有秩序，你得先定下规矩，有了规矩就好办了。’于是第二天下午借书时，我抱着一摞书上了讲台，给同学点名，点到谁谁就上台取书，搞得秩序井然，同学们和老师们都挺满意，那天老师还表扬我了呢。我有个体会，凡事只要动点脑筋，就会大不一样，肖老，您说是不是呢？”

笔者看看仍沉浸在回忆中的夏立，他笑着对笔者说：“我要想当好工段长，也得动脑筋，讲秩序。头天晚上，我就得把第二天的生产任务想好，给予合理的安排。

夏立参加第十四届全国人民代表大会

每次安排好，我总是问师傅们一句：‘您看这样安排行不行？’师傅们说：‘过去都是我们给你安排，现在掉过来了。那时你也没说不行，现在我们也是行行行。’计划安排下来，也都是风平浪静的。”实际上，这看似不经意的安排，也有刻意的布置。夏立的师父说过一段话，夏立记了多年。师父说：“技能是基础，不管手艺高低，都要恰到好处地使用。全看客户的技术要求来安排人员和施工，要做到人尽其才、物尽其用。技术标准高时，咱能安排技术精的人上去，技术标准低时，咱也能安排技术相对糙些的，给他不显山不露水地拿下来。技术标准低的相对是好活，技术标准高的相对是难活，咱就是在收入上找齐。只要分配合理了，一般来说都相安无事。这样无论是对单位还是对个人都是好的。你一定要知道，工人要挣钱，企业要省钱，这里面就有个度。咱工段长是最基层一级，就是在这个度上领着工人弟兄们‘跳舞’，咱基层工段长就是‘领舞人’。企业搞得好坏，就得看咱这些‘领舞人’跳得和谐不和谐，合拍不合拍。”

“企业是咱的一切保障，咱还不得一切都为企业着想？现在讲员工对企业的忠诚度，我想真的是有道理。现在讲减负，剥离了企业的许多负担。可这负担企业不背了，都跑哪儿去了呢？说散到社会上去了，社会为你承担。”夏立摇了摇头，接着说，“我看企业的职工又都背在肩膀头上了。有时真压得人喘不上气来，咱就说幼儿入托，过去企业有托儿所，歇够了产假，把幼儿往所里一放，安心上你的班吧！现在呢，找个经济实在的托儿所，比登天都难，费用还贵，挣那点钱还不够托儿费。你现在能怨青年人不生孩子吗？我看企业承担社会责任，不应只是捐些钱给社会，应当像过去那样，搞些实际的。若是企业办托儿所，托儿所遍地开花，找几个女职工看着就行了，一个月托儿费几十块钱，你看年轻人生不生！我一当人大代表，总是找社会现象，也想写一个高水平的提案，总不能光去会上吃几天好饭吧？”笔者说：“是呀，是呀，在其位得谋其政。”

夏立说：“我也是这样想的呀。您说上面让我当人大代表，工人弟兄们又让我代表他们发声，我总不能白开会吧？见那么多专家、领导，咱总得有些长进吧？”笔者说：“是的，是的。不过，你也别迷信那些大专家，他们还真的干不好一个基层工段长。”

夏立笑了，说：“瞧您说的，人家那理论水平、实践本事。每次听他们讲话，我都明显感到拔着节往高里长。

夏立参加河北省第十四届人民代表大会第二次会议

我听领导、专家们讲高的，回到生产一线又整天接触实的，我觉得自己真的挺踏实的。”笔者说：“夏立啊，我在报上看过你的提案，比如说提高技能工人工资的提案就很好，还有限制养生广告的提案也很好。”

夏立说：“肖老，您真是把我的材料看了个透。”笔者笑着说：“前些日子，我就是研究你、琢磨你。”夏立说：“咱就是一个钳工，怕让你失望了呀。”笔者说：“你就是个人，这个位定好了，也就有写头了。”

夏立说：“我还遇到了一件事儿，给我印象挺深的，厂里的一位老师傅，就是我们五段的，名字我不说了，给您说说这个事儿就行了。”笔者说：“你说，你说。”夏立说那是他刚当工段长的第一年，一天半夜忽然被敲门声叫醒，外面有人喊领导，领导。他赶紧起来开门，只见那位老师傅站在了他的面前，急赤白脸地说：“领导哇，我家老婆子犯病了，痛得在床上打滚呢。”夏立有些着急地说：“你还不抓紧上医院，来我这儿干什么？家里有人照看吗？”老师傅说：“我家老婆子非让我找领导，领导不来她就不上医院。我就是个钳工，哪认得什么领导？想来想去就你这个工段长是最大了的官了，领导哎，打扰你睡觉了。”夏立说：“你这是说什么呀？还不快点上医院。”老师傅说：“我家老婆子死心眼，说是不见领导她不踏实，不敢上医院去，怕钱花超了。”夏立说：“我哪能管这事呀？”老师傅说：“领导不来，她就不去医院。”这时夏立的母亲走了出来，而且已经穿戴整齐，果断地说：“我送弟妹上医院去。”夏立的母亲说着，快速地下了楼。夏立和那位老师傅急忙跟了上去。他们住在一幢楼上，老师傅家住在一单元，是五楼。门口停着救护车，老师傅一边上楼一边喊：“老婆子，领导来了。”他们一进了屋，夏立的母亲就赶紧扶着软成一团的病人躺在了担架上。老师傅家属嘴里还喊着：“领导呢？我是所里的人，领导不能不管吧？”老师傅说：“‘小夏所长’亲自来了，老婆子你放心吧。”病人这才上了救护车。老师傅在医院里一口一个“小夏所长”的，叫得夏立非常别扭。要知道，在54所，所长就是大领导。夏立的父亲在世时，人家叫他夏所长，他都有点慌，忙解释他是所里招待所的，怕引起什么误会。可这事又摊在夏立头上了，那老太婆被推进手术室时，还扯着嗓子喊：“‘小夏所长’，你真是关心群众的好领导哇！毛主席的干部就是好哇！”

夏立的母亲把活动担架推到手术室前，也被拦下了，走过来给夏立说：“没啥大事，急性盲肠炎，是个小手术。”

这时，老师傅交完费，对夏立说：“‘小夏所长’，听说所里直系亲属大病的报销比例提高了，到多少了？”

夏立说：“我哪知道呀？您别‘小夏所长’长、‘小夏所长’短的了，我连个媳妇都没有，哪知道直系亲属大病的报销比例。”

母亲狠狠地在夏立屁股上踹了一脚，斥道：“你是工段长，就应该知道，你不知道就是你的不对！”

夏立对老师傅说：“我到财务问一下，回来仔细给大家说一下。”

老师傅对夏立说：“领导呀，我这辈子可就所里这么个靠头，所里就是我的命根子，我还不是老糊涂呀！”

夏立对老师傅说：“段上能看清三维图纸的有几个？您是扛大活细活的人，是段上的宝贝哩！”

老师傅说：“你年纪不大，心眼公道哩。你手艺好，别晃荡地白瞎了，花好是少年，啥时都是艺不压身啊！”

夏立说：“老师傅哎，您把话说清楚呀！您到底是啥意思啊？”老师傅说：“你是真傻还是假傻啊？连好赖话都分不清了。我都有些着急了。”他气哼哼地不再理睬夏立了。清晨时，夏立和母亲才看见老师傅的老伴儿从医院手术室推出来，他们才与老师傅分手。老师傅送出门来时，还让夏立问问报销比例，好确定老伴儿下一步是住院还是回家养着。夏立的母亲劝老师傅咋也得让老伴儿在医院住几天，动手术不是小事。老师傅说：“咱过的是一升一斗的日子，算计不到就坐蜡了。”夏立说：“好的，好的。”老师傅又说：“不该白瞎了你的好技术。”这时，母亲说：“老师傅仗着技术好，眼高着哩，他平时看不上几个人。”夏立说：“他担心我的技术白瞎了，也许我就不是一个做管

夏立和工友们

理的料。”母亲说：“这就像驴拉磨，你只要戴着套板，拉屎放屁也得转磨。”夏立说：“妈呀，我这是干的啥差事呀?！”母亲没好气地说：“你当个工段长，我还得帮你打短工。”当天，夏立就去找师父，让他跟厂长说说，把自己这工段长撸了算了。“师父，我是您带出来的，您了解我，我就是个搞技术的。”师父说：“你的事我想着呢，厂里的其他领导也知道，得有个时机，你可是咱厂里最年轻的工段长。”夏立还想说什么，师父黑了脸说：“我还是那句话，你干一天就得干好一天。该负的责任你得负，该干好的事情你得干，这就是组织纪律，工人阶级的觉悟。”

夏立说：“师父这么说，我还能说什么呢？我还得继续做我的工段长，但我怕这样耽误下去，荒废了技术。那时异形天线的生产量大增，客户天天找上门来，可我们好多碍于现有的技术不完备，对着任务干着急。我给领导说，提高技术是天线厂的首要任务，也是我们这些技术工人迫切需要解决的问题。那时所里为开阔我们的眼界，安排我们去德国学习，那真是让我们受益匪浅，更觉学习先进技术的重要，我甚至觉得自己现在从事的工作太拖累人了，太影响人了。”母亲见儿子惶惶不安的，便对夏立说：“当断则断，甘蔗没有两头甜。”可夏立又觉得为这事找领导找勤了，怕人家说闲话，说自己年轻不懂事，不识抬举。那些日子夏立一直纠结着，直到段上出了一起严重的事故，终于让他下定了决心。

一次夏立安排一位师傅去为天线架子刷防护涂料，结果天线井里的涂料抹上后，没有打开口子挥发气体。那个天线井像一口缸，上下都有盖子，说实在的，干这行十多年了，啥异形电线装置都见过，可众人还是第一次见到这样大口缸状的。师傅开始去打磨时，因晾放的时间不够，气体浓度还很大，打磨时飞闪的火花引起了爆炸，一声巨响，井洞的铁盖飞起20多米落在了厂房顶上。这声巨响把在十几米远施工作业的夏立惊得跳了起来，他急忙冲了过去，一把抱住了那位师傅。幸亏那位师傅机灵，眼睛的余光发现打磨时落下的火花，马上闪躲，火浪冲起时只是燎了他的头发和眉毛。

第十一章 第一个辞掉工段长的人

夏立抱着那位师傅说："你可是把我吓死了！你要是出了事，让我咋见你一家人呀！"夏立抱着伤者，想着后怕的事情，腿都有点软。夏立说："我不是个心硬的人，见不了出安全事故，见不了死人伤人，每次施工前都反复交代，千万不敢出事故。师傅们都说我胆太小，太绵善，还有的说我成不了什么大气候。"

事后，人们说那天夏立暴怒得像太行山下来的豹子。夏立抱着伤者，再次仔细检查他有没有大的伤处。这时伤者的师父走过来，拍拍伤者的脸蛋说：“小子，你不幸中的万幸，捡条命，你得请大家喝酒！”听到这话，夏立却失控了，冲着他们吼道：“啥万幸啊，这是重大安全事故，这是我的错！让厂里处分我吧，撤我的职吧！我受不了了，真受不了了！”

夏立对笔者说：“肖老啊，我是忽然暴发了，人家都说我发了蔫豹子胆了。”笔者说：“蔫人发愣火，这是常有的事情。”夏立说，那天他是冲到厂长办公室的，也不知喊叫了什么。厂长平静地听夏立吼完，发泄完，平静地问：“完了没有？”夏立却一下子愣住了，不知该说些什么了。厂长说：“你不找我，我还想找你呢！你不想干工段长了？想好了？”夏立说：“厂长你又不是不知道，我想了可不是一天了。”厂长说：“你可是咱天线厂最年轻的工段长，也是第一个辞职的工段长。”夏立说：“厂长哎，我可没考虑这么多。”厂长说：“你想不干工段长，想专心搞技术？要一心一意在微米上‘跳舞’？”夏立说：“是的，就是要在微米上‘跳舞’！”厂长笑着说：“拿一个工段长，换个高级钳工，我干！”

辞去了工段长，那晚上夏立把自己关在家里，在桌子上铺了一张白纸，专心致志地数起了芝麻，那天他数呀数，就好像是第一次数。屏住气，稳稳地数，好像世上

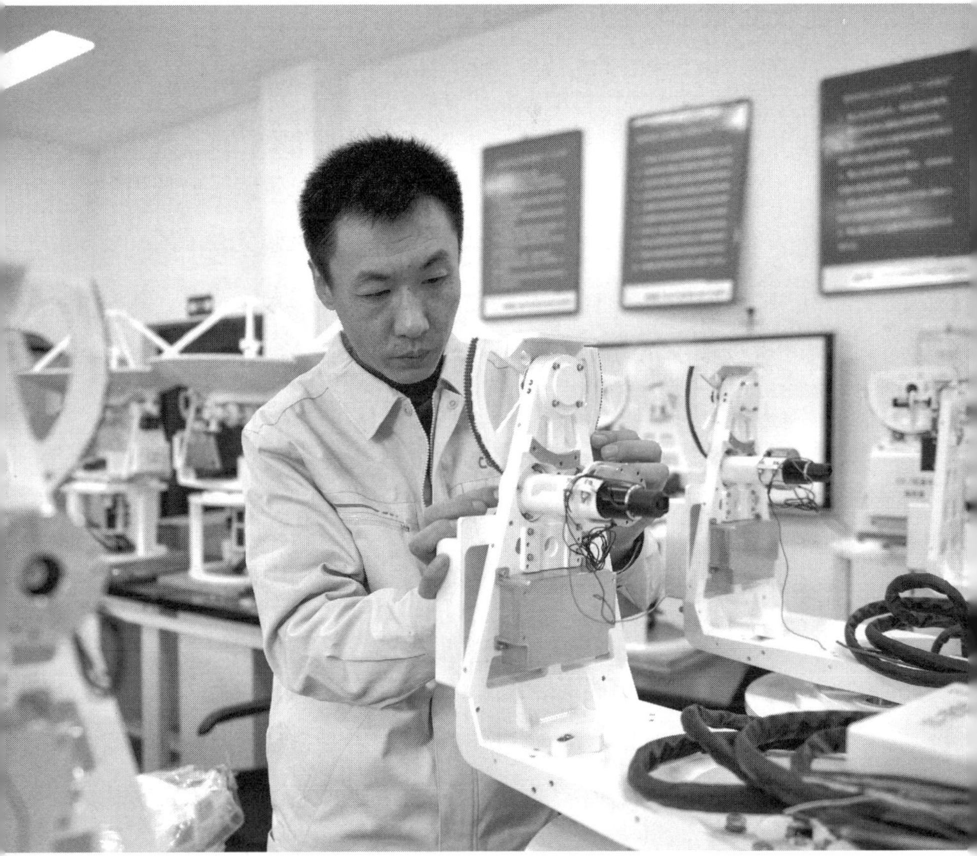

工作中的夏立

的一切都与他无关。当他把第二遍数完时，竟与第一遍数的一模一样：2126 粒。那天他又数了无数次，每次都是 2126 粒。当他抬起头时，忽然发现天都微微亮了，东方正泛出微微的鱼肚白。那时天际竟泛出了稍带蓝光的珐琅色彩，一丝一绺，甚是好看。夏立想起小时候父亲画的一幅画，他说叫《晨曦中的太行》，霞光映在太行石上，就是这透着蓝光的珐琅色。父亲说：“儿子，我最喜欢这颜色了，含着晨曦、光明、希望和未来。”夏立说：“我懂了。”父亲说：“我就喜欢你一点就开窍的样子。”“在我的印象中，我爸很少表扬我。”那天，夏立脸上露出了少有的腼腆和羞涩。笔者开玩笑地说：“夏立啊，这是你和父亲之间的小秘密，你家的鱼肚蓝，也可称为太行之蓝……”

夏立说：“肖老，您可真会说！但您真的说出了我的心里话。那天晨风袭来，光明大开，我觉得好像又找回了自己，把自己‘跑丢’了的日子真是不好受，而把自己找回来，真是人生一大幸事。您看我好像是数准了芝麻，实际上这些年，我是在天天数啊！这些基本功，我是一天不敢忘，一天不敢废啊！”

那天，夏立高兴地哼起了一支歌，母亲问：“立娃，啥事这么高兴啊？”夏立说：“妈，我不当工段长了，我要放开在微米上‘跳舞’了。”

母亲说：“立娃啊，妈不懂什么微米、纳米，你只要高兴就行。”

“我那天竟然高兴地抱了妈一下，真的，这些年了，我从来没像那天那样高兴。”夏立说道。去单位上班时，夏立又回到了操作台前，吭吭地练开了俯卧撑。老师傅看见夏立笑道：“你倒是满面春风啊！”看来他已经知道夏立辞去工段长的消息，并说少挣几百元岗位补贴，静心学点技术，挺好。夏立说：“我是真心想学点技术。”老师傅说：“那肯定是真心的，孩子啊，你这些年当工段长也不易，晚上让你婶炸盘花生豆，拍两根黄瓜，咱俩闹两口啤酒喝？”夏立说：“好啊，好啊，我最愿意跟老师傅喝了。”那天晚上，他俩喝了一顿啤酒，平时夏立基本上是不喝酒的，可那天真是喝得挺高兴的。老师傅那天说起，前些年他们去新疆安装天线，差点儿出大事故，要说“天线人”也挺危险的。夏立记得，他们是乘飞机到新疆，到了新疆又乘了十来天军用卡车，才到了观测点。说是观测点的天线出了问题，需要他们去检测修理。那是在大沙漠里的一个观测点，穿过无穷无尽的沙漠，他们终于见到北京杨的绿色了，车子驶过一片白杨树林，直接开进了一个大军营

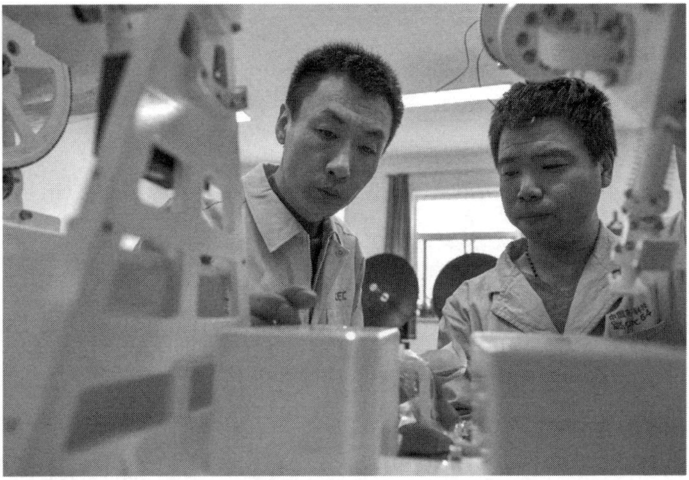

夏立（左一）工作场景

里。他们简单地吃了口饭，便进入了现场，他们知道军队的观测天线出了故障，那是需要刻不容缓修复的。他们同样知道，通信天线的信号是通过电磁波的接收与发射传递的，大功率电磁波照射会对身体产生很大的危害，如果微波泄漏照射人体，甚至会危及生命，他们就是在有这种风险的环境下工作的。所以，天线检测得慎之又慎。然而，在这次作业中就发生了事故。事情的起因是技术人员安排夏立调整波导。波导是传输微波信号的器件，就相当于水管，管子里的水则相当于微波。

“我在天线上作业，发现有段波导安装得不到位，可能会影响微波的传输。我就把波导打开，准备重新调整一下。我刚打开，这时候技术人员就从机房里跑出来，喊着：‘怎么没信号了？’听到这句话，我脑袋一下就炸了，冲他们大喊：‘你们开机了？’后面他们在说什么，我是一句没听到。脑袋里想的全是，波导口当时是不是冲着我，微波辐射到我没有。照没照到我，就是受没受到辐射，当时我的脑袋一片空白。”夏立说，他记得非常清楚，是老师傅抱住了他，摇晃着他，才让他缓过神来，并大声地告诉他：“小子，技术员说没事，没事，刚才的功率非常低，跟手机的发射功率差不多。你小子命大啊！”老师傅高兴地用拳头直擂夏立，接着说：“咱工人图的就是平平安安。”后来老师傅问夏立怕不怕，夏立说：“怕啊！但也不怕！咱既然干了天线装配这份职业，从事了这份工作，那就要勇敢无悔地走下去。”

夏立说，那天老师傅特别兴奋，还说起了当年夏立的一件糗事。夏立第一次去武汉出差，买不上票，不知该买武昌还是汉阳，根本就没有武汉站，气得老师傅真想打夏立两巴掌，现在当上工段长了，工段长又看不上眼了，撂挑子了。夏立急了，要解释什么，老师傅却哈哈地笑了，

爬太行山。夏立说：“如果你觉得不太行，就去看看太行山。”

冲夏立道：“你还得练啊！别人看不出来，我还看不出来？”夏立说：“老师傅真心希望我搞技术，他希望我把钳工手艺发扬光大，还对我说，啥设计，不经咱的手鼓捣出来就啥也不是。所以我知道，科学工业化生产，从设计到出炉，是一条龙生产，缺了哪个环节都不行。而天线总装钳工是这个流水线的‘最后一公里’，有时机器、科学关照不到它，凭的就是手工，需要那一颗颗强大的心脏去承受去感应……”

第十二章 汶川救灾指挥车上的天线就是我们装的……

这天夏立正在观察一个异形天线，琢磨如何改造光电盘，他的身体忽然有些不舒服，正想请假去医院看看。这时几个工友急匆匆地跑过来了，问夏立：“咱们是不是有应急部门的天线还未装好？”夏立说：“是呀，咋了？”一个工友说：“你还不知道啊！刚才匣子播了，四川汶川发生大地震了，刚才厂长亲自布置，要求马上把应急部门的车载天线装好，以备应急。”见是厂长布置的急活，夏立顿时忘了自己的不舒服，立即和工友去安装车载天线，那速度快得让人不敢想，就像有什么东西追着似的。啥叫争分夺秒？啥叫急活？有尿都得憋着，以往三五天才能干完的活半天就干完了。然后，大家抓紧测试好车载天线。刚测试结束，几个穿着迷彩服的人就急匆匆地跑了过来，说是马上要开车去汶川，路上还担心天线误事哩。结果，还是工人师傅觉悟高。

夏立对他们说：“我们是军工人，懂得轻重缓急。”见

汶川地震后的第一波通信就是夏立和工友安装的天线发出去的

那几个人开车出了厂区，他们才想起连午饭都没有吃呢。夏立说："肖老啊，我给您说这件事情，是因为这辆车载通信车在汶川地震中直接冲进了灾区，在几乎没有任何信号的情况下，发挥了正常的通信保障作用，而且这辆通信车改成了救灾指挥车，好多命令都是从这台车上通过车载天线发出去的。汶川应急指挥部的同志们说，54所安装的车载天线在汶川抗震中立了大功，传得出，收得到。"夏立又说："当得知抗震一线传来的消息时，我们从未感到过我们与民生联系得这样紧！有人对我说，汶川的第一波通信就是从我们手上装配的天线上发出的。我听到这个消息后，感到鼻子酸酸的。"

笔者问夏立："在磨研天线配件时，你们知道它的用处吗？"夏立说："我们是最后一道工序，是最后的成品组装，当然知道它的用处。不过，我们有纪律，只是不问不说罢了，当然也有不太清楚的，那就密级更高了。这样说吧，干我们这行，有时需要有心有手没有嘴巴。"他说完哈哈地笑了起来，笔者也笑了。

天线有它的运行轨迹，而"天线人"是为运行的天线而生的，人们都知道天线结构复杂，精度要求又高，而且大多是高空作业，还要克服高空作业给人带来的生理和心理上的压力。每天爬上几十米高的天线架，已经成为夏立和他的工友们的常态。尤其是天线成品安装，基本都是室外作业，只要有任务，无论天南海北，无论寒暑、冬夏，以及所有的节假日，都要出差。夏立说：“我说过我们不光是‘蜘蛛人’，还是‘流浪汉’，一年四季奔波在外，我们天线总装工最不爱的是旅游，因为早就游够了，转够了。肖老啊，不瞒您说，我都不知道自己有多少个春节是爬在天线架子上度过的。”

夏立动情地说：“有年大年三十，我刚从天线架子上爬下来，忽然接到了女儿的一个电话，她在电话那头只说了一句‘爸爸我想你’。我竟听得热泪盈眶。那天我望着除夕夜空灿然升起的爆竹礼花，竟然哭出了声，就像一个不懂事的娃娃。”笔者说：“夏立啊，你太懂事了。你是个好工人，好丈夫，好爸爸！”

夏立说：“我太知道天线在国防和国民经济中的重要性了，有时我这把小小的钳子也同国运紧紧相连啊！面对艰难困苦，咱除了咬牙坚持还是咬牙坚持。记得2009年冬天，我们去北京紧急作业，那是首都，任务多紧急多重要，我也就不多说了。可那年隆冬，北京正遭遇数十年不遇的大雪天气，降雪持续了52个小时，天线架上的积雪

夏立参加学习交流活动

都老厚了。地面积雪也有两尺厚，脚踏上去都没膝盖了。大白天风裹着雪花呜呜直响，我们在天线架上作业，寒风吹打在身上，个个被冻得哆哆嗦嗦的。可到了晚上作业的时候，这活一分钟都不敢停，工段长只吩咐我们把能穿的都穿上，可一到了架子上还是透心凉。夜晚，当我们顶着凛冽的北风，爬上作业平台精调天线时，身体挨着金属冰凉刺骨的感觉，直扎心里。我们已经被冻透了，每个人的眉毛、睫毛、帽子上都挂上了白霜，像极了圣诞老人。”

笔者的眼前出现了皑皑白雪以及夏立说的圣诞老人，觉得夏立倒挺能想象的。夏立说：“苦中作乐真的很苦。但我们要创造属于自己的快乐。晚上作业的时候，我们把不要的包装箱收集起来，点上篝火。天线上作业的人，每20分钟就下来烤烤火。不作业的人就烤红薯、烧热水。我们还唱歌，唱的是《咱们工人有力量》。”夏立说着，还用力地挥了下高高举起的拳头。笔者对夏立说：“这是我能知道的21世纪最壮美的画卷。”夏立笑了。笔者又补充了一句，“无数伟大和壮丽，就是在不经意间创造的”。

夏立哈哈地笑了，说：“这都是写文章的人给加工和总结出来的。我们就是干活吃饭的工人，普通得不能再普通，平凡得不能再平凡。我们就是在这普通和平凡中油盐酱醋地过着日子。”但夏立说也有意外，那是他辞去工段长好长的一段日子后。这天早晨，夏立按照惯例去找工段长领活，工段长却笑着对夏立说：“夏立啊，今天我可给你派不了活了。”夏立问：“怎么了？”他有点神秘兮兮地把夏立拉到了一边，说：“昨晚厂长亲自打电话给我，让你去找他一趟，说有批大活，他要亲自安排你来干，还说

夏立走进石家庄市第四十四中学宣讲

夏立受邀参加河北省“大国工匠进校园”中小学示范活动

年纪轻轻的不干工段长了，想得美。”夏立问：“真的？这是要炼我呀，要不哪有厂长亲自给下边人派活的？”工段长说：“严重考验是吧？你看厂长打来电话了，准是催你哩！你快去吧……”

工段长说着，把夏立推出门去。

第十三章 『找你来，就是不准讲价钱』

那天夏立出了门，是11年前的初春。那天挺奇怪，天上满是灿烂的阳光，却有细细的雪花在飘飘洒洒，雪花在阳光的折射下不时闪着金光，挺耀眼的，一定是太行山头的春雪被风卷了起来。夏立是头上顶着细细的雪花走进厂长办公室的。厂长随手抓了条干毛巾为夏立拍打，夏立问："厂长啥事呀？还用劳您大驾，亲自布置？"

厂长说："你年纪轻轻的不干工段长了，可也别想躲清闲。"夏立说："没有呀？我真是没日没夜地学技术啊。"

厂长说：“虽说是艺无止境，可也是阶段性的。我看你是骡子是马该拉出来遛遛了。”夏立问厂长啥任务，厂长告诉夏立，厂里刚接下一个大单，1000 台小型天线，需要在 3 个月内完成。夏立说：“厂长，咱单位都是以定制为主，能生产几十套就已经算大活了。”厂长说：“你知道还是我知道？找你来，就是不准讲价钱！找你来就是有条件完成！”夏立说：“厂长，啥条件？”厂长说：“工期 3 个月，不能推后！成本压到最低，一分钱都不能浪费！”夏立说：“我知道，省了钱就是挣了钱。”厂长说：“咱都得有经济头脑，啥任务都得算账。”

夏立接受了任务，回去也细细地算了笔账，真是不算不知道，一算吓一跳。3 个月要安装 1000 台天线，那就是说每天至少要安装 12 台天线，而 12 台天线是他们工程小组 4 个人一个月的工作量。这就是他们要提高 30 倍的工程量，才能完成厂里交给的任务。最要命的是，他们还面临着新的技术难题，因为这次要组装的是一种新天线，而这种新天线的使用，对他们来说本身就是一个特别复杂的技术难题。过去的天线主副反射面是标配的圆形，而新天线的主副反射面是椭圆形，而且是安装在行驶的吉普车上。这样的技术改进将会为天线装配精度带来许多困难，

夏立工作场景

直接影响定位基准的精度。定位基准模糊了，通信质量就会大打折扣。夏立想这是牛鼻子，得紧紧抓住它才行。可在装配首台天线上，夏立和工友就遇到了最大的难题，仅仅一台反射面的副面装置，他们四个人就忙活了一天才装上。

夏立当时头就大了，这得啥时候才能完成任务呀？！而装配的技术要求就像是一米长度的误差标准仅为 0.001 毫米，即这套天线无论怎样颠簸转动，都不能超出基准误差。新的技术要求是将圆碗变成了椭圆形碗，而且要求不能洒出一点水来。虽然晃动面宽了，但误差还是那样的要求。大家都说难，只得请教厂里的工艺师，厂里的工艺师很快给出了解决方案，设计出了一台复杂的合像水平仪。技术要求达到了，只是成本太高了，一台要五六千元，而一台天线的调整时间为四个小时，这对厂长和客户来说都是不能接受的。厂长闻讯赶来了，黑着脸对夏立说，要把成本降下来。夏立说：“这不仅是成本问题，还是技术问题。”厂长说：“我找你就是解决技术难题的，抓紧把这个难题拿下。”

夏立感到厂长是在发军令，顿时有了军令如山的感觉。“肖老，我身上的军工血液一下子沸腾起来了。您信不信？我们54所的人不管怎样变换角色，可流淌在我们身上的军工血液，说烧起来就烧起来了。”那天，夏立对笔者说，一个单位真是有传承的，它有意无意地引领着你，召唤着你。笔者说：“这就像军队一样，每支军队都有自己的军魂，在不时影响和渗透着这支军队的每一位成员。”夏立对笔者说：“您说这话我信，我那些天真是雄赳赳，气昂昂的，甚至心里还响着一支战歌，在鼓舞激励着我。我拿着客户提供的设计图纸，还有我们工艺师的设计图纸，反复对比，得出减少误差和保证公差的合理区间是关键，同轴聚焦是重中之重。只有这样才能解决定位基准问题。只要能找到定位基准，就能解决这个技术难题。定位基准就是要主副面做到同轴，保证接收信号的强大。为了解决主副面的同轴问题，我提议增加一个简单的定位轴孔，保证原有孔的控制角度，这就解决了定位基准的技术难题。”

这对夏立来讲，是第一次技术创新。当夏立把定位轴孔的建议提供给领导和专家时，得到了他们的首肯和高度赞扬。当厂里的工艺师把定位轴孔简单明了地设计以后，夏立他们立刻实施，有效地把定位基准问题解决了。

俗话说，外行看热闹，内行看门道。那天厂长反复端详着夏立勾勒出的草图，夏立想给他解释一下，为什么在副面镜上安装这两个小轴，厂长冲夏立摆了摆手，然后又认真地看了起来，最后脸上露出了笑容。厂长拍了拍夏立的肩头，说：“好小子，我没看错你！我少了个年轻的工段长，但多了一个优秀的技师。”后来师父对夏立说：“厂长和厂里的同级领导没少夸你，说这加轴的想法是伟大的创举，一下子就解决了高精度天线的安装问题，把误差控制在设计范围内。零误差是没有的，不过，这个创举使我们可以大胆地在微米级的操作上‘跳舞’了。”于是，夏立他们的数据为标准化的生产线建成提供了可靠的依据，小型车载天线的安装精度终于被解决了。天线装配时间由原来的 4 小时安装一台调整为 30 分钟一台，而且节约了成本，由以往的五六千元降为不足百元。师父高兴地对夏立说：“就这一项你能为厂里节约多少钱？你小子算算，吓死你！”夏立说：“算不出多少钱来，搞创新发明时，想的就是解决技术难题，钱不钱的，那是领导考虑的事情。”师父摇了摇头说：“钱的事情得想。”夏立说：“我只知道

夏立在杭州举办的全国首个 9·26 工匠日暨长三角工匠论坛上发言

夏立在创新展上介绍创新产品

有了这样高精度的天线安装，有了流水作业，我们就成了行业头牌。”

夏立说：“这次创新厂里为我们总结了几条经验，用厂长的话来说是，省时省钱还能批量化生产。厂领导老说要有新思路，尤其是天线安装，就是要同时解决副面对于主面的高度、同轴、角偏问题和主副面之间的旋转问题。”夏立说得津津有味，可笔者越听越觉深奥，就问夏立：“你说你咋捅开这层窗户纸的呢？！”夏立笑了，说：“我是相信有电光火石般的思路的。我就要在副面托盘增加定位孔，只要把定位孔控制在一定的精度范围之内，至少是微米之内，再设计一个定位轴，同时在副面中心位置打孔，这样就可以解决高度、同轴、角偏需要同时控制精度的难题。这说起来，是几十年经验积累的闪光。”

夏立说得太专业了，让人听得有点晕。夏立说：“我还提出增加一个 10 毫米的轴，这样可以限制旋转误差。我这两根轴成本加起来才几十元钱，却解决了技术大难题。领导见成本降成这样，那个高兴啊！”笔者已经嗅出了浓浓的“大国工匠”的味道了。夏立说天线设计是有禁区的，其设计不准出现复杂的结构，这样它会遮挡信号，增加重量，会使天线结构变形，变得不稳定。这个小设计确实解决了天线总装工作的一个大难题。所以，领导们总是兴奋地挥着拳头说：“创新！创新！再创新！”

“终于有一天，厂长说领导要找我谈话，这次更绝，是所里的大所长一上来就对我宣布任命，任命我为所级创新工作室的负责人，直接归所里安排。任务就是工艺创新，技术革命。后来我的这个工作室归到了省级，后来又通过全国总工会成为国家级的工作室，这像一下子插上了翅膀……”夏立说道。

第十四章 玩心灵感应

“工艺创新成为我们天线总装的生命线，也推动了天线设计的工艺创新，”夏立说，“天线总装人开玩笑说，我们就是陪着天线工艺设计师们玩，玩什么呢？玩智慧，玩创新，玩想象，玩配合。肖老，您知道最关键的是什么吗？”笔者有些呆呆地看着夏立。只见他双手往心上一按说：“玩心灵感应，这需要心灵的默契与配合。”笔者看着夏立，咀嚼着夏立讲的，觉得自己渐渐贴近了夏立这位“大国工匠”的内心。就是这次车载天线的创新装配，使夏立第一次获得了国家专利。2014 年夏天，当夏立捧起国家知识产权局颁发的实用专利证书，看着那鲜红的盖有国徽的红章大印，看着自己的名字印在专利证书上时，他心中不断荡起这样一种声音：“我是一位中国钳工！我是一位中国钳工！”

夏立目光炯炯地说：“肖老，啥叫职业自豪感？这就是！”笔者走到他的身旁，使劲拍了拍他的肩膀。那一刹那，笔者看见了夏立眼中晶莹的泪花，亮晶晶的，像是有无数金点在闪烁……

夏立说：“我从此走上了艰难的创新之路，天线总装，现代科学技术，生把我们逼成了在微米上‘跳舞’的人。有时国外有现成的核心技术，可人家封锁你，漫天要价，咱是穷人，得想穷办法，硬骨头办法：自力更生，创新再创新！我是铆足了劲，要和外国人搏一搏，咱不说超过谁，最起码要共同摸一摸宇宙的星宿。我想告诉世界的是，中国钳工不差！当我遇到难事时，我是每天都要摸星辰日月，每天都要从苍茫宇宙中捕捉信息和能量的。我们是微小的人，却与浩瀚的宇宙打交道。同样，我又是‘天线人’，我要与天体宇宙为伴为伍……”

笔者想，这个中国钳工有了不起的大志向。

夏立（右）在大国工匠年度人物颁奖晚会上，接受主持人康辉的采访

笔者还在想，这位中国钳工的大志向是钻天入地。志向越大，越要脚踏实地，夏立在创新的道路上走得越远，越感到脚踏实地的坚实。他不能忘记2015年一个冬末的日子，大雪在飘，顷刻，连远远的西太行山的山头都白了。夏立想，明天是不是要改行程了，原先考虑周末要带上宝贝女儿去看太行山，赏春景的，这是夏家的传统。就是在这不起眼儿的看山中，夏立吸取了智慧和能量。大自然会给你想不到的惊喜和力量，因为他的女儿已经步入了

夏立（左一）参加大国工匠·湖湘论坛

高中。从现在起他要和女儿一起，抬屁股，弯腰，绷腿，开始人生的高考冲刺。夏立没想到，时光竟然过得这样快，快得让你来不及琢磨，他几乎是这样发着感慨，漫步在飘洒的瑞雪之中。他走进天线厂总装车间办公室，正见几位师傅端着大茶缸子滋溜着，而且工艺总师也在。他拍扑着肩头的雪花，开玩笑地问："师傅们这是在玩啥呢？"有位师傅说："夏师傅，正等你呢！让你看个稀罕玩意儿，我干了一辈子天线总装，也没见过这样的设计。还有总装误差，也是微米级的。原来还以为是设计上的问题，这不把工艺总师也请来了，人家说就是这样的设计。就等你领着我们大胆创新哩！大家都说这是实话，没你怕是玩不转哩！"夏立说："少说这话，世上没谁都行，我就是多只蛤蟆多四两力。"众师傅又给夏立开玩笑说："你这蛤蟆可不一般，叫得响，传得远！"在众师傅的哄笑声中，夏立打开工艺图纸看了起来，越看这工艺图纸，越觉得自己出溜一下陷了进去，有点不能自拔。干天线总装的都知道，馈源是天线反射面天线的重要组成部分，是在天线焦点处设置的一个用来收集或者发射微波信号的重要装置。

在天线加工技术领域，馈源加工是核心技术。目前在生产中，这类铜馈源主要是通过内嵌模具焊接的方式，就

夏立参观中国共产党历史博物馆

相当于铸造里的范模，将各个零件之间的平板面贴合在模具上固定焊接成型的。

54所属于科研型单位，每年都有大量的新技术应用，技术人员与工人师傅都是新技术应用的参与者。“师傅们玩的是手艺。总师们玩的是设计。用我们师傅间流传的话就是，我们是陪设计师一起‘玩’的人。见到这个设计图纸，我不禁想起了在2009年的时候，我接受的一项薄壁异形馈源的加工任务。因为指标的需求，设计师对馈源形状作了改变，变成大口长度短，小口长度长，大口宽度大，小口宽度窄的异形馈源。按老办法操作，焊接后模具就没办法取出。可是没有模具，就不能在焊接时定型。”

当时，负责设计装配步骤的工艺师也手足无措，几次更改方案后都不能满足技术指标要求。看着着急的工艺师，夏立也在想就没有好办法解决吗。

“今天我们碰到了更大的难题，精度要求小于等于0.05毫米，可能提供的技术设备离要求还差得很远。总之，这类技术得要求总装人员胆子大一点，再大一点。可这一点在哪儿呢？我苦苦思索着，摸索着。到了夜晚，我还在盯着窗外，看那星星点点的夜空，光怪陆离，闪烁迷离，没有个穷尽。那天晚上，大家是真累了，为这只异形馈源

夏立在中国石油东北、华北区域高技能人才交流活动上发言

的安装，已经一连几天没个黑夜白天了。人们吃住都在这工房里，有人明显地看着瘦了下来，大家都说创新是掉肉的苦差事，而且越是苦差事，越是没有价钱可谈，这钱你不挣都不行。工人们大都知道，这是特殊任务。一遇到这样的任务，不用领导动员，工人们闻味儿也闻出来了，这时军工的血性就忽一下子喷了出来，拼了！拼它个日夜颠倒！”夏立又慷慨激昂起来。

夏立创新的工具——异形馈源

第十五章 第一次跟老婆起了高腔

夏立和师傅们真是玩上命了，没日没夜地连轴干。夏立笑着说："您也可以说是拼命。有一次媳妇埋怨我多少天顾不上家的时候，我火了，第一次给媳妇起了高腔：我虽然是个不起眼儿的工人，可端在手上的碗重啊！"媳妇那天见他火了，也并没有生气，而是细声慢语地说："我知道你肩上的担子，知道你的手里端着什么，联着什么。"

夏立说："那晚，我哭了，夫妻之间真是不用说太多什么，相亲相爱的人，心和血脉真的是紧紧连着的……"

笔者笑着对夏立说："我发现你是个幸福的人，气血贯通，家庭和睦，我一定得拜会你的媳妇，听听她咋说你这'大国工匠'。"夏立说："好啊，也真欢迎您到家里坐坐。"人有时气血一畅，净会出些奇思妙想。夏立接着说设计馈源的事情。"我那晚给老师傅和弟兄们盖、掖睡觉的衣服，怕有窜风的地方，冻着兄弟们。我忽然发现一位师傅仰睡在椅子上，而椅子却稳稳当当的。当时我就像被电光火石般地击了一下，一下有了灵感。我看到了椅子上的榫卯结构形式，那何不借鉴一下这个传统的中国形式？我想，如果利用这个结构，先把馈源的每一片衔接起来，是不是就可以不用模具了，就能解决复杂的制造难题了？"

夏立越想越激动，立即决定动手实施，马上就画图纸，进行绘制作业。伴着工友们轻轻的鼾声，夏立精心地画了起来。夏立画图画得筋疲力尽，虽然总觉着思路对了，但绘在图上还是有点不满意。那晚上夏立是千描万画，终于画出了一张自己较为满意的图纸，他高兴地大叫一声，惊醒了工友们。他们看着一桌子废图纸，说："你小子又熬了一夜？瞧你脸都绿了。"工友们真的心疼夏立。夏立给工友们说了设计思路和构想，大家都说行。有位老师傅还拍了一下自己的脑袋，说："你咋没想出来？你这

夏立与妻子李春娜、女儿夏雨欣在一起

里面装的是糨糊？还是年轻人聪明！”众人哈哈大笑。

夏立说：“这就是个设想，还不知后来如何呢。”工友们点了点头，因为他们是天线总装工，无数美好的设计都是通过他们的手总装成功的。从图纸到实物，看似简单，实则隔着十万八千里呢！这次的改装想法，后来不只经过多次的探讨，夏立还与工艺总师反复计算，修订图纸，才终于解决了异形铜馈源无模具定位焊接工艺这一业界难题。“这个异形设计，我和工友们大胆地采用了中国传统榫卯工艺而巧妙地完成了实物安装，当我们成了的时候，眼里的泪水流得哗哗的。创新那真叫人激动。”夏立仍语调高昂道。

夏立说：“你真得抓住时机，抓住灵光电火，没准一下子就成了。肖老，我琢磨着世上成功之事看似偶然，实则是必然抓住了偶然。”笔者说：“你这体会上升到了哲学高度，一般人还真体会不出来。”夏立笑了，说：“肖老啊，您信不信？好多人说我的手指修长，可以弹钢琴，是艺术家的坯子。”笔者说：“我早发现你的手指确实优于他人。”夏立动动自己的手指，笑着说：“我就是凭着这手指成为中国好钳工的！”笔者握起了他的手，摇了摇说：“真真的‘大国工匠’之手！”

有媒体称夏立的手是巧夺天工之手，正是这双手完成了机器都无法完成的任务。当笔者问到夏立这种说法时，他谦虚地笑了，说：“据我所知，这种机器是有的。我去国外考察过，也从有关资料上见到过，但一个小零件的成本要达到数十万元，安装一台天线需要多少零件？需要多少钱？我们是科研单位，办啥事都要算账……”

夏立一说笔者就听明白了，也知道手工挑战机器，是两种价值观的挑战、博弈。夏立说：“咱是工人，有时也是战士，这是我们的军工品牌使然。那天我像战士出征一样，走进了工作室。我记得总工和工友们的目光，殷殷的，深深的。这是要给天马望远镜装上眼睛，总师米大姐告诉我：‘夏立啊，你要知道这是要给地球装眼睛呢！’你听听，地球之眼，这个伟大的活路，就落在了我这个普通的钳工身上。”

笔者摇摇头道：“你可不普通！”

夏立笑着说：“当时，总师米大姐也是这样说的。她告诉我，光码盘上的精度误差不得超过 0.004 毫米，而这个技术要求连我们现在的精度仪都完不成。要完成这个技术指标，只能在一个星期内，完成上百万次的手磨。我给总师说：‘大姐，我去，拼下命来也要完成这个任务。’总师拍了拍我的肩头，和工友们看着我进了工作室，我知道她和工友们对我是满怀希冀的。我这是在微米的维度上‘跳舞’，过去这是我们的目标和口号，好像是遥不可及的，现在竟然成了我们生活中的一部分。”

总师米大姐鼓舞夏立拿下它，她说：“解决了这个问题，以后在设计上我们就有了底，不怕什么人‘卡’我们

夏立和女儿合影

的脖子了。”夏立说：“我知道这也是上上下下争气之战。当时，我研磨了不知多少万次，就觉得自己是浮在无边无际的苍茫之中，眼前飘忽不定地有个小点，就在沉沉暗夜中与我周旋。真的，我觉得是在与什么武林高手较量，打得难解难分，不分高低，甚至有点昏天黑地。当我猛地睁开眼睛时，发现我的目光盯在千分表上，而表上的指针正定在一个微米范围内微微颤动。我屏住气，看着千分表的表针定在了1微米上，刹那，我知道，成了！我成了！”

当夏立推开工作室的门，见到抻直脖子等着他的总师米大姐和工友师傅们时，人们就知道成功了！

人们都去看千分表了，而夏立却趴在桌子上睡着了。后来夏立被推醒，人们告诉夏立：“你小子三天三夜没闭一次眼，大家都在门外等你的好消息哩。”夏立知道，他从不是一个人在战斗，他的身后站着他的工友们！总师米大姐对夏立说：“夏立啊，大姐可以告诉你的是，你的今天是里程碑式的，你创造了‘中国精度’！你也许是在无意之间把自己的名字刻在了中国的航天历史上！”

夏立笑着说：“大姐啊，你还不知道我？我就是个钳工，把活做好就行了！”

后来，夏立才知道，他这是在给“嫦娥四号”引路。

“嫦娥四号”就是凭着这一微米，就像是在沉沉大夜中的一点微光指引，准确地登上了月亮背面，这是人类首次登上了月亮背面，是开先河之举。这都是夏立以后才知道的，他眯缝起了眼睛，像是沉浸在回忆之中。

第十六章 做的是隐姓埋名人，干的是惊天动地事

笔者被夏立的这个故事感动，想去他那苦战三天的工作室看看，夏立说那间工作室被占着，倒是可以去他现在的工作室看看。笔者欣然应诺，办了手续，脖子上挂了个参观的工牌，才进入了夏立工作的厂房。

夏立说，他们这儿就是这样，几十年了，从没有变过。他带笔者进了工作室。工作室是厂房隔开的一间房子，厂房内堆着形形色色的天线架子，大小形态各异。他带领着笔者参观，然后带笔者走进了他的工作室。在门

前，笔者看到了全国总工会颁发的“夏立创新工作室”的牌子。夏立告诉笔者，所里 2016 年成立的夏立创新工作室，后来成为省里的，国家的，一晃 8 年了，这就跟昨天才挂牌一样。天天带着人装天线，年复一年，他都不知道头上何时有了白发……

2016 年 6 月，夏立的天线制造创新工作室成立，主要从事小型精密天线的装配工艺研究，尤其是小型航空、航天领域的通信天线。那时，夏立刚被评为省军工系统的大工匠。他当时就对记者说：“我最大的心愿就是今后为单位生产出更多的优质产品，带动更多满足客户需求的技能工人。而作为大工匠，我要想得更远，做一个装配天线的工人，组装一台天线不太容易；如果能够组装 1 万台一模一样的天线，才是真正的技术。再进一步讲，如果这 1 万台天线还比同行的便宜，那就是更厉害的技术。这是一个讲成本的年代。

“我的观念要变，同事的观念也要变。我安装一台天线比别人快了一个小时，这是价值，但就不如我带领团队共同提高效率，创造 1+1 ＞ 2 的价值。但是，需要解决的问题是，如何成长为一个好师傅，让每个操作人员都成为装配专家！”

夏立受邀参加中华人民共和国成立 70 周年国庆阅兵活动

结合自己多年的探索实践，夏立渐渐地琢磨出来了一套规则：看到图纸时，把自己放在设计师的角度，理解设计的初衷；在施工装配时，把自己当成工艺师，思考有没有更好的加工方式和装配方案；在实际装配时，要清楚产品的用途，装配精度要求高的一定要高上去。

如此，装配的过程，就是思考的过程，就是再创作的过程，就是创新突破的过程，就是挑战自我的过程，就是精益求精、追求极致的过程！于是，按照“把复杂的事情简单化、把简单的事情标准化”的思路，夏立将复杂的操作一步步地分解成规定动作，把复杂的装配工艺一段段地分解成流水线；在此基础上，不同的分段由不同的同事完成，一切都规范化、标准化、流水线化。同时，在实现团队成员擅长某一段的前提下，过一段时间后再轮岗，以培养大家的整体意识和系统意识。

在通过标准化提升技能的同时，夏立也用自己的方式强化团队成员的思想政治工作。他和成员们如同亲人，无话不说，无话不谈，一起承担工作中遇到的各种技术难题，也一起分享完成国家重大任务的喜悦。夏立也经常鼓励工友们说："我们既是工人，也是国家宝贵的财富，我们都是为国家干大事的人。"

夏立还在工作室里张贴上团结励志的标语，激励和鼓励大家，"让个人的智慧成为团队的智慧，让团队的智慧成为企业的智慧"。夏立说，30多年来，他亲手装配的天线，不仅亮过"天眼"，还指过"北斗"，送过"神舟"，护过战舰，用一次次极致的磨砺，提升着"中国精度"。在人类极目宇宙、探索宇宙、保家卫国的背后，以上都是一份份对夏立挑战自我、精益求精、追求极致、担当奉献的磨砺。

不同于现在普遍实行的标准化生产，54所承接的天线项目基本都是“私人订制”，而且都是我国甚至全球的高精尖领域，对精度有着超乎寻常的高要求。因此，每一次装配，对夏立来说都是全新的挑战。就是在这间工作室里，夏立和他的工友们参与了许多国家重点工程的启动。回忆走过的路，夏立有些感慨。他坐在工作台上，手上摆弄着什么。笔者说：“你现在这是做什么？”夏立说有个急活，现在师傅们都去外地装天线了，工作室里就他一个人

夏立和“大国工匠 2018 年度人物”奖杯合影

顶着，晚上都得加班赶活儿。夏立一边说着，一边在忙手中的活儿，还给笔者介绍了他创新工作室的技术搭档曹江涛，这是一个斯斯文文的中年人，是专门搞技术的。夏立说他俩成立工作室时就在一块儿，是老搭档了。曹江涛告诉笔者，他大学毕业就进所里了，除了研究天线组装，还喜爱诗词。笔者笑了，说："咱俩也算同行。"笔者同曹江涛交谈了几句，就知道这绝对是个技术男。夏立说曹江涛是异形天线的破解高手，经常指导师傅们安装。曹江涛又讲了异形天线，笔者更是在云里雾里，然后又说起省内一个诗人的诗词，笔者更不在行。夏立与我们一边聊着，一边忙着手里的活儿。

笔者问夏立创造"中国精度"的工作室，夏立说就跟这间房子一样。笔者打量着这间工作室，曹江涛忽然冒出了一句："夏立的刻盘就在他的心上。"笔者恍然明白了，又看了看曹江涛，忽然感到夏立和他的工友们真不是一般人。笔者看着墙上挂着的夏立创新工作室的牌子，这个不起眼儿的地方，就是一次次创造"中国精度"的地方。中央电视台和全国总工会，在授予夏立"大国工匠"的颁奖词中，诗意浓浓地写道："技艺吹影镂尘，擦亮中国翔龙之目，组装妙至毫巅，铺就嫦娥奔月星途，夏立，当'天

在石家庄 54 所，夏立（左三）和工友们进行交流

马’凝望远方，那一份份捷报，蔓延着他的幸福……”

夏立说：“那天杨长风院士为我颁了奖，他是中国北斗卫星导航系统的总设计师。他对我说，我国探月工程‘嫦娥四号’任务圆满地完成了。”人类的航天器第一次到达了月球的背面，要求如此精准的落月，如果没有大天线的精准指路，是不可想象的，所以我们也可以知道，它要求的精度有多高，如果出现了哪怕头发丝直径几十分之一这样细小的误差，后果都是不堪设想的。这样极致的要求，有时候连最先进的机器都做不到，但是有一位中国工匠，他凭借着自己的一双手，凭借着手中的一把扳手却做到了。

“大国工匠”夏立的手，托起的是一个什么样的责任和担当啊！就是在这个不起眼儿的工作室，夏立和他的工友们，一次次地刷新创造着中国奇迹。笔者对夏立和曹江涛说：“你们在这里创造着中国航天的奇迹和未来。”

曹江涛笑着说：“我想在这里写几首诗，我这一生最想干的是写诗。”结果，夏立笑着说：“我们曹工把诗写在了无穷无尽的蓝天上……”

是啊，夏立和他的工友们就是把最美妙的诗歌写在了宇宙之上。就是在这里，繁华世界里的安静一角。这里蕴藏着源远流长的军工文化，蕴藏着战无不胜的科研铁军，

夏立为大家介绍工作室的相关情况

夏立（右五）获得河北省“最美职工”称号

在这里他们造大国重器，扬中华军威。在大漠戈壁、崇山峻岭，夏立和他的工友们踏遍山河万里，就为了老曹说的——“我们看似云清风淡，但54所相继参与完成了‘载人航天’‘嫦娥探月’‘北斗卫星导航系统’‘上海天文台65米射电望远镜天线项目’等数百项国家和国防重大工程建设。”笔者知道，这里面都有夏立和他的创新工作室的辛勤付出。在所里获得的包括国家科技进步奖特等奖在内的千余项重大科研成果大奖中，都有夏立及其工友们的贡献。他们圆满地完成了国庆阅兵，汶川、玉树抗震救灾等急难险重任务，在国防和国民经济建设中发挥了重要作用，并且获得了包括全国五一劳动奖状、全国文明单位、全国精神文明建设先进集体、中央企业先进集体等近40项国家级、省部级荣誉。夏立和工友们的付出让这些荣誉在54所的上空熠熠生辉。

笔者打量着这个创新工作室，心中异常感动。看到他们获得这么多的国家奖励，而他们却都是默默无闻的。夏立有一张照片挂在工作室里，是他应邀参加国庆70周年阅兵观礼时拍的。夏立对笔者说：“肖老，那天见铁流滚滚而来，轰隆隆的军车上，竟然都是我和工友们装的天线，威风凛凛，太熟悉了。那天我哭了，我真正知道了我与这

夏立受邀参加中华人民共和国成立 70 周年国庆阅兵活动

个国家的关联是那样的紧，那样的密。一刹那，工友们都发微信问：‘夏师傅，看见我们的天线了吗？’我说：‘看见了，看见了……’”

笔者说：“你特意叫过来与我们座谈的工友们，社会对你们非常陌生。”夏立哈哈笑道：“陌生？这就对了，我们军工人做的就是隐姓埋名人，干的就是惊天动地事！”

此言正是。

尾篇 春华秋实在路上

采访快结束时，夏立对笔者说：“肖老，去我家吃顿饭吧，保证是家常饭。”笔者高兴地说：“我正想见见你媳妇哩！她叫李春娜是吧？”

夏立笑了，提起妻子的名字，他幸福地笑了。

夏立曾无意间对笔者说起，他的女儿已经大学毕业了，在一个公司当会计。他说女儿找到了工作，比给什么荣誉都幸福。当他说完，笔者就断定这是一个顾家的男人和父亲。

这是个永远知道什么叫责任的男人。

笔者见到了李春娜，是个美人，大眼睛充满了活力，身子仍是高挑，年轻时准是神一般的存在。笔者给夏立开玩笑道：“你见到春娜姑娘的第一面，肯定笑得嘴角都没压住。”夏立说：“见第一面，我就知道幸福来了。就是到现在，我的嘴都没有合拢过。是院里的老街坊介绍我们认识的，她家是大户。可人家一听我是17所的青工，啥话都没说，同意了。”笔者问李春娜：“你见夏立的第一面印象是什么？”李春娜说：“实诚，30多年过去了，现在只多了一个字：真实诚。”笔者笑了，夏立也笑了。笔者见夏立的女儿雨欣安静地坐在一边，默默地听我们说话，便对她说：“我听说你小时候怕狗？”

雨欣说：“现在不怕了，爸爸让我和狗变成了朋友。”

这时一只小泰迪像是听懂了我们说话，颠颠地跑来伏在雨欣的脚下。夏立说：“她现在胆子大多了。有了工作，自己能挣钱了。”雨欣笑了。夏立也是一脸幸福。

笔者打量着这套三室两厅，夏立说这是厂里分的，他一个工人挺满足。笔者说：“你们这个所，真是名不虚传。”

雨欣是个个头适中的女孩子，面相长得像妈妈，身材

夏立担任北京冬季奥运会火炬手时留影

夏立家中的 2022 年北京冬季奥运会火炬

像爸爸，人长得非常漂亮，身上透着挡不住的青春气息。夏立高兴地说：“我愿意把‘大国工匠’的奖杯和奥运火炬留给我的女儿，这是最宝贵的财富。”笔者说孩子有了自己的工作，能挣钱养活自己了，父母的心结就算解开了。夏立说：“这是我对自己最满意的地方，所里对我那真是……”笔者对夏立的女儿说：“你有个爱你的好爸爸！”

夏立让女儿教给笔者一门在手机上写作的技术，他说很简单，现在厂里的工作报告，啥事情都在手机上办。笔者无意说起想学学，也可以随时记录下什么。没想到夏立就记住了，还让雨欣过来教笔者。雨欣取过笔者的手机，耐心地教。笔者是一头雾水，啥都不会，笔者说：“不是我笨，是我年头过多了。”夏立笑了。笔者问雨欣：“喜欢奥运火炬吗？”她说：“院子里的孩子都喜欢哩！”这时李春娜走了过来说饼烩上了，等一会儿开饭。她又说：“这院里的孩子都跑过来和奥运火炬照过相，这就像是所里的荣誉！”夏立说：“大院里的孩子们能和真的奥运火炬合影留念，那个高兴劲儿啊！不亚于我的小雨欣！”李春娜也补充了一句：“那天院里的孩子们高兴地就跟过节一样！”雨欣悄声地说：“还有许多叔叔阿姨呢！”

笔者对雨欣说：“你爸爸给院里带来了荣誉。”雨欣悄

夏立一家

声地说：“我常听人们说‘大国工匠’啥的，我总怕做不好让人说，紧张哟。”笔者说：“爸爸永远是你的一抹春风，一缕阳光。”雨欣笑了起来。笔者对夏立说：“你家孩子名字起得挺琼瑶的。”李春娜说：“生雨欣那个年头，到处情深深，雨蒙蒙！”这次笔者笑了。

饭端上来了，一人一碗烩饼。夏立说：“我家的烩饼是我妈留下的手艺，菜脆面软，特有嚼头。”李春娜说：“婆婆在时，隔三岔五地给我们做，慢慢地，我就学会了。但菜艺不如婆婆，老人家切得那个规整，连机器都做不出来。”夏立对笔者说：“她学了艺，今天特意做了，算是纪念我妈了。”李春娜说：“你看夏立，他是不是真实诚？！”

笔者笑了，心满意足地吃了一大碗，真是别有一番风味。夏立说这是他家的传家饭，笔者说：“真好，真好。”

后　记

几日的采访结束了，我告别了夏立一家。夏立送我到平台前，等待接我的汽车。我祝福了雨欣，雨欣冲我摆了摆手，算是别过。接我的车来了，我刚要下平台，夏立却叫住了我。夏立奔到我的跟前，蹲下身子，我一看原来是我的鞋带开了，他在为我系鞋带。我心里热烘烘的，却说：“不碍事的，我上车自己系。”他说：“鞋带松了，容易绊倒。”

夏立小心地为我系好了鞋带，透过他俯下的身影，我正看到远远的西山巍峨，在余晖下，透出起起伏伏的太行剪影，就像大地上一道道挺起的脊梁……

哦，脊梁！

我仰着头，喃喃道，不敢让泪水流下。

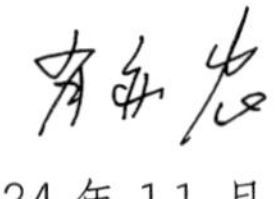

2024 年 11 月